# 辺境貴族の のんびり三男は 魔道具作って自由に暮らします

YAKO YUKIZUKI
著 雪月夜狐　ill. saraki

カール
エルヴィンの父で
シュトラウス家の当主。
責任感が強く
厳格ながらも
家族思い。
エレナ
エルヴィンの母。
優雅で知性に
あふれる女性。
エルヴィン
本作の主人公。元はしがない
エンジニアだったが
辺境貴族シュトラウス家の
三男に転生した。
前世からの想いで
モノ作りに情熱を
燃やす。
リリィ
エルヴィンの妹。
天真爛漫で
兄のことが
大好き。
CHARACTERS

レオン
エルヴィンの
学友で、快活な
性格の少年。
剣術が得意。
リヴィア
エルヴィンの学友で
商家の娘。
素材に対する
知識が豊富。
カトリーヌ
エルヴィンの学友。
成績優秀で、
いつも貴族らしく
優雅に振る舞う。

## 平凡なエンジニア、異世界の貴族に生まれ変わる

僕の名前は渡辺悠一《わたなべゆういち》。どこにでもいるような平凡なエンジニアだった。中小企業で工業技術者として働き、坦々と過ぎていく毎日。けれど心の奥底には、どうしても捨てきれない思いがあった。

——もっと自由に、好きなものを作りたい。誰かの役に立つ発明を作りたい。

そんな願いを抱えながらも、夢を実現するために独立する勇気は持てなかった。

しかし……ある日の帰り道、仕事を終えて自宅へと向かう途中で、僕の人生は突然終わりを迎えることになる。

交差点を渡ろうとしていると、トラックが猛スピードで突っ込んできた。気づいたときにはもう遅かった。

「これで……終わりか……？」

視界が真っ暗になり、意識を失ったと思った次の瞬間——僕は目を覚ました。

目を開けると、木製の天井が見えた。

見慣れない感触と空間。ふと自分の手を見た瞬間、衝撃が走った。

「ぷにぷにしてる……？　なんだこれ？」

部屋にあった鏡を覗《のぞ》き込《こ》むと、五歳ほどの少年が映っていた。短めのプラチナブロンドに砂金色が混じる髪と薄い青灰色の瞳を持つその幼い顔立ちには、違和感しかない。

「これが、僕……？」

僕は困惑《こんわく》しながらも、少しずつ状況を理解しようと頭を巡《めぐ》らせ、周囲を観察して情報を集めていった。

しばらく経って、僕はこの世界で自分が名門貴族シュトラウス家の三男、エルヴィン・シュトラウスとして生まれ変わったことを理解した。

シュトラウス家は北部を治める辺境伯《へんきょうはく》で、当主である父のカールは冷静沈着で厳格だが、公正な領主だった。家族への愛情を忘れず、実績や誇《ほこ》りを重んじる姿勢には威厳があった。

兄さんたちも頼りになる。

長兄のアレクシスは責任感が強く、父上に似た威厳を持ちながらも弟の面倒をよく見る頼れる存在だ。

次兄のリヒャルトは知的で柔軟な考え方をする優しい気質で、僕の試みを面白がりながら応援してくれる。

母のエレナは穏やかで優雅《ゆうが》ながらも芯《しん》が強い人で、僕の自由な発想を尊重しながら温かく見守ってくれている。

こんな家族に囲まれて、前世の僕にはなかった「家族のぬくもり」を実感していた。

どうやらこの世界は中世ヨーロッパ風の文化らしく、現代の日本にあった家電みたいなものは見当たらない。

しかし魔法というものが当たり前に存在していて、それに関連した独自の技術体形が発達している。

僕が特に心を引かれたのは、魔法と技術が融合した『魔道具《まどうぐ》』。図書室で見つけた古い書物には、『魔道文字《まどうもじ》』によってこれらの道具を制御する仕組みが記されていた。

「これだ……！　前世の知識や技術と、この魔道文字を組み合わせたら、僕にしか作れないものができるかもしれない！」

胸の高鳴りを覚えた僕は、この新しい人生で魔道具作りに挑戦することを決意した。

◇

何日か経ち、異世界での生活に少しずつ慣れてきた頃、僕はふと思い立った。

何か、自分で作れるものはないだろうか。

前世の知識とこの世界の魔道具を組み合わせれば、きっと新しいものが作れるはずだ。

自分の手で何かを作ってみたい。

そう考えた僕は、まずは簡単なランプの製作に取り掛かった。

屋敷の倉庫に足を運んで、材料を探していると、執事のロバートが静かに声をかけてきた。

「坊ちゃま、何かお探しでしたら、倉庫の材料はこちらで揃《そろ》えましょうか？」

ロバートの提案に助けられながら、僕は木材や古びたガラス瓶、そして『魔力鉱《まりょくこう》』という素材を選び出した。

これらは魔道具の核になる重要な材料だ。

「その木材ですね、坊ちゃま。少し硬めですが、加工しやすいですよ」

ロバートの助言を受けて、僕はまずランプの台座を作ることから始めた。

小さな刃物を手に取り、木材を慎重に削って形を整えていく。

次に「光」の魔道文字を彫り込む作業に取り掛かったが、これが思ったよりも難しい。

ぷにぷにとした幼い手では細かい作業が大変で、何度やっても文字が歪《ゆが》んでしまう。

「くそ……こんな簡単なこともできないなんて」

小さな手で何度もやり直しながら、僕は必死に作業を続けた。

こうしていると、前世の工業技術者としての記憶が蘇《よみがえ》る。

失敗しても、何度でもやり直せばいい――そんな言葉を自分に言い聞かせながら、集中力を切らさないようにする。

メイドのマリアが食事を運んできてくれるが、僕は食べるのも忘れて黙々と作業を続けた。

「坊ちゃま、大丈夫ですか？　休憩《きゅうけい》を取られてはどうでしょう」

背後からロバートの心配そうな声が聞こえたが、僕は手を止めずに答える。

「ありがとう、ロバート。でも、もう少しで完成しそうなんだ」

「その熱心さは見事ですが、無理は禁物ですよ」

彼の静かな助言に少し笑いながら、僕は作業を続けた。

――木材を削り始めてから数時間。

夜が更《ふ》けた頃、ようやく納得のいく仕上がりになった。

次は魔力を込める作業だ。この段階に進むまでに半日以上を費やしたが、焦《あせ》らず慎重に進めることを心がけた。

魔力鉱を台座にはめて、指先から少しずつ魔力を流し込む。すると、魔道文字が淡く輝き始め、ランプが光を放った。

「やった……！　成功だ！」

この世界で初めて自分の手で作った魔道具。僕の胸に達成感が広がった。

その様子を見ていたマリアが拍手をしながら駆け寄ってきた。それは、前世で夢見た「自由にものを作る」願いが叶った瞬間だった。

翌朝、僕は完成したランプを応接室に集まった家族に見せた。

「これ、僕が作ったランプなんだ！」

アレクシス兄さんとリヒャルト兄さんが興味津々《きょうみしんしん》といった様子でランプを見つめる。

「エルヴィン、お前はまだ子供なのに、もうこんなものを作れるのか」

「おおっ⁉　これ、ただの灯りじゃないな！　しかも、熱くないのか？」

盛り上がる兄さんたちを見守りながら、父上は深く頷《うなず》いて、優しい声で言った。

「エルヴィン、お前が一人で作ったのか。見事だ。その探究心をこれからも大切にしなさい」

「はい、父上！」

家族の温かい眼差しに、心が満たされる。

このランプが僕にとって大きな一歩になった。

◇

——次はもっと実用的なものを作りたい！

ランプの成功に満足せず、僕は次なる挑戦に取り掛かった。

今度の目標は『光《ひかり》のランタン』。

まあ、この際名前はなんでもよかったんだけど……持ち運びができて、点灯・消灯を簡単に切り替えられるものを作ろうと考えたのだ。

「さて、次の材料はどれにしようか……」

倉庫で材料を選びながら、僕は作りたいもののイメージを頭の中で膨《ふく》らませていた。

ロバートが手際《てぎわ》よく木材や金属フレームを運んでくれる。

「坊ちゃま、こちらのフレームはいかがですか？　軽くて加工しやすい素材です」

「ありがとう、ロバート。それにするよ！」

僕は木材と金属フレームを手に、ランタンの枠を組み立て始めた。

次に魔道文字「光」と「操作」を組み合わせ、スイッチで光を調整できる仕組みを設計することにした。


そこから丸二日、僕は何度も失敗を繰り返した。

「これだと光が安定しない……どうすれば……」

作業場で頭を抱える僕を見て、マリアが心配そうに声をかけてきた。

「エルヴィン様、大丈夫ですか？　少し休まれては……？」

「ありがとう、マリア。でももう少しで答えが見つかりそうなんだ」

「それなら、お茶をお持ちしますね。頑張りすぎて倒れないでくださいね」

彼女の気遣いに感謝しながら、僕はさらに集中力を高めていった。

試作を重ねる中で、光を効率よく発するには魔力の流れをさらに安定させる必要があると気づいた。

しかしどうやってそれを実現するかが分からない。

何か状況を打破するアイデアはないかと足を運んだ図書室で、僕はある一冊の本を手に取る。

そこに記された『魔力連結《まりょくれんけつ》』という技術に目を付けた僕は、それを応用して複数の魔力鉱を連結させる方法を取り入れてみた。

そしてようやく、光のランタンが完成した。

「これなら長時間使えるし、実用的だ……！」

手に取ると、その軽さと持ち運びやすさに自分でも驚いた。

その瞬間、達成感と次への挑戦心が湧き上がる。

しかし、さすがにもう夜も遅くなっていたので、僕は興奮を抑えつつ、その日は床《とこ》に就《つ》いたのだった。


翌朝、ランタンを手にした僕を見て、ロバートが微笑みながら労《ねぎら》ってくれた。

「坊ちゃま、よく頑張りましたね。ぜひ、皆様にお見せください」

ロバートの後押しを受け、僕は家族の前で光のランタンを披露《ひろう》する。

それを見て、リヒャルト兄さんが驚きの声を上げた。

「エルヴィン、お前の発想は本当に面白いな！」

マリアもそばで興奮気味にランタンを覗き込み、目を輝かせている。

「エルヴィン様、本当にすごいです！　これ、どこででも使えそうですね！」

「ありがとう！　もっとすごいものを作るよ！」

家族の励ましに背中を押され、僕の心には次の挑戦への情熱が湧き上がった。

◇

ランプを完成させてから、数週間が過ぎた。

僕は変わらず新しい発明に取り組んでいる。

そんな中、僕が作ったランプの話題が市場《いちば》で広がっているという噂《うわさ》を耳にした。

屋敷の使用人たちの話が自然と市場に伝わり、その評判が商人たちの耳にも届いたらしい。

僕はランプが市場でどう受け入れられているのか、気になって仕方がなかった。

そこへ、ロバートが小さなメモを持ってきた。

「坊ちゃま、領内の商人が訪ねてきております。ちょっとした相談があるようでして……」

メモには、領内でよく知られる商人——ハインツの名前が記されていた。

使用人たちの話を市場で聞いた彼が僕のランプを手にしたことで、その評判があっという間に広がったと聞いている。

「相談ってなんだろう？」

少し興味が湧いた僕は、ロバートの案内で応接室に向かい、ハインツと対面した。

ソファーに座っていた彼は、僕を見るなり立ち上がって一礼する。

その態度は、幼い僕を対等な商売のパートナーとして尊重してくれているようだ。

「エルヴィン様、ランプの噂は耳にしております。そこで……実は市場で扱う商品に、新しい工夫を加えられないかと考えておりまして……」

ハインツは僕が作ったランプを指差しながら言った。

「こういった、誰もが便利だと感じる魔道具が欲しいのです。市場全体の評判を上げるためにも、ぜひお力を貸していただきたいのです」

「なるほど……」

僕は少し考え込んだ。

市場で使える便利な道具……すぐにいくつかのアイデアが浮かんだ。

「ハインツさん、しばらく時間をください。何個か試作品を作ってみます」

こうして僕の新たな挑戦が始まった。


まず僕が手掛けたのは、携帯できる簡易加熱器だ。

市場では店舗が密集していることもあって、基本的に火を使うのは禁止されている。

寒い季節でも温かい料理をすぐに楽しめるようにする道具があれば、市場の人々に喜ばれるだろう。

数日かけて、僕は何度も設計を練り直し、いくつもの試作品を作っては改良を重ねた。

加熱器のデザインは、何度も試作を繰り返す中で徐々に形になっていった。

手のひらに収まるほどの小さな円筒形で、上部には平らな金属プレートを配置。その下には魔力鉱を収める仕組みを考えた。

側面にはシンプルなスイッチを取り付け、操作すると魔道文字が魔力を活性化させて、プレートが温まる仕掛けだ。

最初に取り組んだのは、魔力鉱の配置だった。

「これだと熱が不安定だな……」

魔力を効率的に流すにはどこに配置するのがベストか、何度も試行錯誤《しこうさくご》を繰り返した。

次に、熱を効率よく拡散させるための素材選びにも悩《なや》まされた。

最初は金属板を試してみたものの、軽量化が必要だと気づき、軽くて熱伝導率の高い材料を探すことにする。

素材の選定にはマリアやロバートが協力してくれた。

「エルヴィン様、この素材なら軽くて扱いやすいかと思います」

「ありがとう、マリア。これを試してみるよ」

その後も僕は試作品をいくつも作り、それぞれ異なる課題が見つかるたびに改良を加えた。

こうして最終的に完成した加熱器は、前世で使っていたＵＳＢヒーターを参考にしたデザインに仕上がった。

この世界特有の素材と魔力を組み合わせたことで、より簡単で実用的な仕組みを実現している。

完成した瞬間、これまでの努力が実を結んだという達成感に胸が高鳴った。

何度も失敗を繰り返したが、その過程は楽しく、学びが多かった。

最終的に出来上がった加熱器は、手のひらに収まるほどのコンパクトさで、魔力鉱をエネルギー源とするシンプルな構造だ。

これなら温めるのに十分だろう。

試作品を完成させた僕は、早速ハインツに連絡した。

彼はすぐに屋敷にやってきて、試作品を見せてほしいとせがんだ。

「エルヴィン様、これが新しく作ったという加熱器ですか！」

ハインツは興味深そうに加熱器を受け取り、早速市場での使用を開始すると約束してくれた。

◇

ハインツが市場に持ち込んだ簡易加熱器の評判は瞬《また》く間《ま》に広がった。

温められたスープが振る舞われると、市場の客は「すごい……こんなに小さな魔道具で⁉」「便利なものがあるものだ！」などと口々に驚きの声を上げたそうだ。

そんな市場の声を耳にした僕は、喜びと自信を胸に刻んだ。

この成功をきっかけに、僕の発明に対する評価はさらに高まり、同時に期待も膨らんだのを感じる。

これに応えるために、僕は連日作業場にこもっての次なる発明のアイデア出しに明け暮れていた。

「さて、次はどんな道具を作ろうかな……」

新しいノートを広げてあれこれと思いを馳《は》せていると、ロバートが手にいくつかの書簡を持って現れた。

「坊ちゃま、最近市場の商人たちから、加熱器への意見が多く寄せられております」

内容を見ると、加熱器に対する要望や、新しい魔道具の提案などが書かれていた。

「なるほど……確かに、持続時間の問題がまだ残っているし、使いやすさについても改良の余地があるな。ありがとう、ロバート」

その課題に頭を悩ませながらしばらく机に向かっていると、今度はリヒャルト兄さんが僕の作業場を訪れた。

「エルヴィン、少し手を休めてみないか？」

リヒャルト兄さんは柔らかな微笑みを浮かべながら、机の上にいくつかの資料を置いた。

それは、王国でも名高い学問の場として知られるカレドリア学院で研究されている、最新の魔道具の情報だった。

学院では、魔道具の基礎から応用まで、優秀な研究者たちが技術を磨き続けているという。

「これは？」

「カレドリア学院で発表されたばかりの研究論文だよ。魔力効率を上げるための新しい魔道回路の設計について書かれているんだ。エルヴィンの役に立つと思って持ってきた」

リヒャルト兄さんの助言に感謝しながら、僕はその資料を読み進めた。

そこには、魔道文字の配置や魔道回路の組み方が詳細に記されており、僕が抱えていた問題の解決に繋《つな》がるヒントが隠されていた。

「ありがとう、兄さん！　これなら次の試作はうまくいきそうだよ！」

僕は早速、その新しい技術を加熱器に組み込むべく作業を再開する。

しかし試作を進める中で、どうしても手元にある素材ではまかない切れない部分が出てきた。

すると、ちょうど市場に買い出しに行っていたマリアが、新しい材料を届けてくれた。

「エルヴィン様、こちらは市場で見つけた特別な魔力鉱です。珍しい素材があれば買ってきてほしいとのことでしたが……」

「マリア、ありがとう。これは試してみる価値があるよ……！　この素材なら、持続時間が大幅に改善できるかもしれない！」

マリアの協力もあり、試作は順調に進んだ。

新しい魔道回路と改良された素材を組み合わせた加熱器は、以前よりも格段に性能が向上した。

僕は完成した加熱器を、早速兄さんたちに披露した。

「これは本当に素晴らしい。こんなに小さな装置で、ここまで効果的に機能するとは思わなかったよ」

アレクシス兄さんがそう言いながら、加熱器を手に取ってじっくりと観察する。

「それでエルヴィン、次の課題はなんだ？」

「そうだね……もう少し取り回しを良くしたいと考えているんだけど」

僕は兄さんたちと意見を交換しながら、新たな挑戦へのアイデアを膨らませていった。

家族や仲間の支えがあるからこそ、僕は次の一歩を踏み出せるんだ。

◇

数日後、リヒャルト兄さんが作業場を訪れて、最新の市場の反応を教えてくれた。

「エルヴィン、君の加熱器は市場でとても評判がいいよ。でも、使いやすさについての要望がいくつか出ているみたいだ」

「具体的にはどんなことを言われているの？」

「たとえば、もっと小型化して持ち運びやすくできないかとか、加熱以外の機能を追加できないかっていう声がある」

リヒャルト兄さんの言葉を聞いて、僕の頭の中で新たなアイデアが浮かび始めた。

「それなら、温めるだけではなくて、調理器具としても使える多機能型にするのはどうかな
……？」

その日の午後、僕は早速新しいデザインを描き始めた。

今回目指すのは、加熱だけでなく様々な調理ができて、保温機能も備えた多機能型魔道具だ。

「まずは、どんな機能が必要かを整理しよう……」

僕はノートに必要な要素を書き出して、実現可能な仕組みを考える。

・加熱機能
・保温機能
・魔力消費の効率化
・持ち運びやすいデザイン

「これを全部詰め込むのは大変そうだけど、やりがいがあるな……」

材料についてはロバートが事前に手配してくれている。

「坊ちゃま、こちらに新しく仕入れた軽量素材があります。これが役に立つかもしれません」

「ありがとう、ロバート。それを試してみるよ」

ロバートが手配してくれた素材を使って新たな試作品を作り始めた。

しかし今回は魔道回路をさらに複雑にする必要があるので、設計段階で何度も行き詰まってしまう。

「ここをこう繋げると……魔力が逆流してしまうのか……」

僕は何度も失敗しながらも、少しずつ設計を修正していった。


試作品が完成したのは、作業を始めてから一週間後だった。

試行錯誤の過程で役に立ったのは、図書室で見つけた古い魔道具の設計図だ。

この仕組みを応用したおかげで、小型で軽量ながら多機能な調理魔道具に仕上がった。

一台で加熱、保温、煮る、焼く、蒸《む》す、茹《ゆ》でる、沸《わ》かす、炒《いた》める、揚《あ》げる、炊《た》くといった調理方法ができる。放っておいても焦げ付いたりしないように、自動で温度を調整する機能を実現した。

「これならきっと市場の人たちも喜んでくれるはず……！」

僕は完成した試作品の性能を試すために台所へと向かった。

細かな調理の作業はマリアが手伝ってくれた。

適当なサイズに刻んだ肉や野菜を多機能型調理魔道具に入れて、スイッチをオンにする。

するとすぐに魔道具の温度が上がって、香ばしい匂いが漂《ただよ》ってきた。

マリアはその様子を興味深そうに見守っている。

食材を軽く炒めたら、そのまま水と調味料を入れて蓋《ふた》をする。

三十分ほど放っておくと、見事に野菜スープが完成していた。

「坊ちゃま、本当に素晴らしいです！　こんな小さな道具で、いろいろなことができるなんて！」

彼女の言葉に、僕は少し照れながら応える。

「ありがとう、マリア。おかげでまた少し自信がついたよ」

翌日、完成した多機能型調理魔道具をハインツに渡すと、彼はその性能に感心して、早速市場で実演を始めると約束してくれた。

◇

市場での多機能型調理魔道具の反響は予想以上だった。

この魔道具が調理や保温に使われる様子を見た人々からは、「これがあれば家事がもっと楽になる！」などと、驚きと感嘆《かんたん》の声が上がった。

そんな市場での評判を耳にして、僕の胸に新たな挑戦への情熱が湧き上がる。

「もっと画期的なものを作らなきゃな……！」

次にどんな道具を作るべきか、作業場で考えを巡らせていると、ロバートが扉をノックした。

「坊ちゃま、ハインツ氏から新しい依頼が届いております」

ロバートに手渡された手紙には、ハインツの感謝の言葉と共に、新しい魔道具への要望が記されていた。

――エルヴィン様の便利な道具によって、市場の活気が増しました。その中で、飲食系以外の店舗からも何か役に立つものを作ってもらえないかと要望が出ています。

「もっと汎用的なものが必要なのか……」

僕は手紙を読みながら、次なる挑戦の方向性を考え始めた。

作業場でアイデアをノートに書き込みながらデザイン案を練っていると、アレクシス兄さんが訪ねてきた。

「エルヴィン、何を考えているんだ？」

「次は業種を限らずに市場全体に役立つようなものを作れないかと思って……でも、それがなんなのかまだ決まらなくて」

兄さんはしばらく僕のノートを見つめたあと、静かに言った。

「市場全体を便利にするなら、物流に目を向けるのはどうだ？」

「物流？」

「物資の運搬《うんぱん》や管理だよ。市場の活気を維持するためには、物が効率的に運ばれる仕組みが必要だろう」

兄さんの提案に、僕の中で新たなアイデアが形になり始めた。

前世では物流のインフラは当たり前に整備されていたから意識していなかったけれど、この世界でどうやって品物が運ばれているのか、僕は知らない。

そこにヒントがあるかもしれない。


翌朝、僕はロバートと共に市場を訪れた。実際に現場を観察することで、どんな機能が求められているのかを調査するためだ。

朝の市場では、商品の搬入のために大きな荷物を抱えた人が慌ただしく行き交っていた。

若い男性の商人はともかくとして、老人や女性、あるいは幼い子供が苦労しながら重い荷物を運んでいる姿が目に入る。

中には手押し車みたいなものを使っている人もいるが、それでも動かすのに力がいりそうだし、人が多い市場内で小回りがきかなくて扱いづらそうだ。

「坊ちゃま、このような大型の荷物が運ばれる際に、効率的な道具が求められるようです」

「それなら、運搬用の軽量で頑丈なカートを作るのはどうかな……!?」

ロバートの説明を聞きながら、僕は市場の各所で作業をしている人々の様子をメモに書き留めた。

作業場に戻ると、僕は早速新しいカートの設計に取り掛かった。

必要なのは、軽量化、耐久性、そして魔力を使った補助機能だ。

設計段階では、魔力を利用して荷物を軽く持ち上げる仕組みを取り入れることにした。

さらに、車輪の動きを滑らかにする魔道文字を彫り込み、耐久性を高めるために特別な合金を使用する。

「これなら、どんな重い荷物でも楽に運べるはずだ！」

試作品の完成までには、予想以上の時間がかかった。

しかし、出来上がったカートを見たときの達成感は格別だった。

◇

早速カートの試作品を複数台用意して市場に持ち込んで試してもらったところ、効果は抜群だった。

重い荷物を運んでいた商人たちが次々と驚きの声を上げた。

このカートがあれば、もっと重い物や多くの物資を楽に運べると、市場での評判は上々だったようだ。

改めて自分の発明が人々の役に立っていることを実感しながら、僕は次なるアイデアを書き留めるためにノートを開いた。

しばらくあれこれ考えていると、ロバートが作業場に入ってきた。その手には青白く輝く金属片と、何枚かの紙束を持っている。

「坊ちゃま、こちらの素材に関する資料をご覧ください」

ロバートが慎重な口調で差し出したのは、遠方の鉱山で採掘された『エルメタル』という珍しい金属のサンプルと資料だった。

資料によると、どうやらこの金属には魔力を効率的に通す特性があるらしい。

「エルメタル……こんな素材があったなんて！　これを使えば、もっとすごいものが作れそうだ！」

その青白く輝く金属片は不思議と軽く、触れると冷たさとかすかな振動を感じた。

この振動が魔力の流れを通す際の反応だと分かり、僕の心は興奮でいっぱいになる。

設計に取り掛かる前に、ロバートが慎重な口調で僕に忠告した。

「坊ちゃま、このエルメタルは非常に繊細《せんさい》な素材でございます。加工時に魔力を流しすぎると破損する恐れがあり、さらに急激な温度変化にも弱いとされています。ですので、作業環境には十分な配慮が必要です」

「ありがとう、ロバート。その注意を踏まえて進めてみるよ」

ロバートの説明を聞き、僕は作業場の環境を確認した。

窓を閉め、気温が安定するように暖炉を調整する。さらに、魔力を少量ずつ送り込むテストも繰り返し行って、エルメタルの反応を慎重に観察した。

それから、僕はエルメタルを使った新しい魔道具の設計に取り掛かる。

まずエルメタルの特性を試すために、小さな板状に切り出すところから始めた。切断には専用の工具を使い、慎重に力加減を調整する。

硬さと繊細さを兼ね備えたこの素材は、少しでも力を入れすぎるとひび割れてしまうため、僕は息を詰めながら作業を進めた。

「ここまで来たら、次は魔力を流すテストだな……」

切り出したエルメタルの板に魔道文字を慎重に彫り込む。

ぷにぷにとした手で彫刻刀を持ち、丁寧に線を刻むたびに細かい粉が舞い上がる。粉塵《ふんじん》を吸い込むといけないので、その都度息を止め、線が歪まないように集中を維持した。

次に、魔力を通すための基盤を組み立てた。

エルメタルの板を木製のフレームの中心に固定し、回路を接続していく。

「これで光が出るはずだけど……ちゃんと動作するかな」

いよいよ試作品が形になり、魔力を流し込む準備が整った。

指先に意識を集中させ、少しずつ魔力を送り込むと、エルメタルが青白く光り始めた。

「やった……！　ちゃんと光った！」

その後も試行錯誤を繰り返し、エルメタルの特性を活かした魔道具が完成した。

軽量で持ち運びしやすく、耐久性も兼ね備えたライトだ。光の指向性を上げてより遠くを照らせるように、ランタンとは形を変えてある。

このライトはエルメタルを基盤にして、魔力を効率よく光に変換する仕組みを取り入れている。繊細な性質のエルメタルを保護するために、表面に特別なコーティングを施《ほどこ》し、防水性能と耐久性を向上させた。

また、部品の接合部分にも撥水性《はっすいせい》の素材をシールにして貼《は》って、雨や湿気の侵入を防ぐ工夫を加えている。

最後に全体を高温で乾燥させてコーティングを定着させることで、どんな天候でも使える頑丈なものに仕上げた。

「これなら、どんな環境でも使いやすいはず……！　冒険者みたいな人たちが使うのにもいいかもしれないな」

僕はあまり関わりがないけれど、この世界には魔物退治や迷宮探索などを請け負う冒険者という職業の人たちがいるらしい。

このライトなら荷物にならないし、戦闘の邪魔にもならないだろう。

僕は早速ハインツに連絡をとって、冒険者に渡して試してもらうことにした。

# 王都への道のり

ハインツの推薦《すいせん》もあって、僕の作ったライトは暗闇の中でも安心して使えると、冒険者たちの間で瞬く間に評判になった。

商品に関する問い合わせも複数入っている。

物流カートとエルメタルを使ったライトの成功が評判を呼ぶ中、父上から突然の呼び出しがあった。

「エルヴィン、今度の王都にはお前も同行してもらう」

突然の話に、僕は思わず首を捻《ひね》る。

「王都ですか？　何をしに行くんですか？」

「商談や会合に加え、お前が発明した魔道具を紹介する場を設けた」

父上の言葉に驚きつつも、胸が高鳴った。

王都で自分の発明を紹介できるなんて、夢のような話だ。

「エルヴィン、王都での商談はお前の魔道具を広める良い機会になる。しっかりと準備を整えておくように」

父上の声には、期待と共に少しの緊張感が含まれているようだった。

「はい、父上。今回の発明をしっかり説明できるように準備します！」

「王都では多くの貴族や商人が集まる。お前の魔道具がどれだけ注目を集めるか、楽しみにしているぞ」

父上は手元の書類に目を通しながらそう続けた。

王都行きの話を聞いた僕は、その後すぐに準備に取り掛かった。

初めてのことで勝手が分からないのもあって、ロバートを呼んで手伝ってもらう。

「ロバート、王都に行くにはどんな服がいいかな？」

「坊ちゃま、王都では格式が重んじられますので、子供であってもきちんとした礼服が良いでしょう。ただし、移動の際などは負担にならないように、動きやすさも考慮した軽装を別途ご用意いたします」

ロバートの助言に従って礼服を選ぶ。その最中も、王都で何を見て、どんな人に会うのかを想像するだけで胸が躍《おど》った。

「坊ちゃま、道中には山道もございますので、こちらのブーツもお持ちください」

「ありがとう、ロバート。これで準備は万全だね！」

こうして期待に胸を膨らませながら、僕は王都への旅支度を整えた。

王都への旅は約十日間。馬車に揺られながら、僕は外の景色をじっと見つめていた。

街道沿いには広大な草原が広がり、ぽつりぽつりと小さな村が点在している。村の屋根の煙突から立ち上る白い煙や、畑を耕す人々の姿が目に入り、穏やかな空気に心が癒《いや》された。

旅も終盤に差し掛かったその日、同行しているロバートが優しく声をかけてきた。

「坊ちゃま、お疲れではありませんか？」

水筒と軽食を差し出すその手には、旅慣れた余裕が感じられる。

「ありがとう、ロバート。長旅で少し疲れるけど、王都に着くのが楽しみだよ」

ロバートは微笑みながら頷いた。

「王都には多くの職人や商人が集まる場所もございます。坊ちゃまにとって新しい刺激になることでしょう」

ロバートの言葉に頷きながら、僕は窓の外の景色に再び目をやったのだった。


その日の夕方、馬車は宿場町に到着した。

宿場の喧騒と温かい灯りが、旅の疲れを和《やわ》らげてくれる。

「エルヴィン、ここでの宿泊は重要だ。しっかり休んで明日に備えろ」

父上は食事の場でも、僕の準備状況を確認するように視線を向けてきた。僕はパンを一口かじりながら、笑顔で頷く。

「はい、父上。魔道具の説明内容も整理しておきます」

父上は満足そうに頷き、ロバートに「明日の出発時間をしっかり調整しておくように」と伝えた。

宿では温かいスープと焼きたてのパンが出され、久しぶりの温かな食事に心がほっとした。

「坊ちゃま、明日は山道を越えていきます。早めにお休みください」

ロバートの助言に従い、僕は早々にベッドに入った。

馬車の振動がない静けさに包まれて、僕はいつの間にか深い眠りに落ちていた。


翌朝、冷たい空気が頬《ほお》を刺す中、馬車は山道に入った。

カーブが多く険《けわ》しい道に体が振られるが、王都への期待が疲れを忘れさせてくれる。

昼過ぎ、馬車の窓から巨大な城壁が見えてきた。その向こうには壮麗《そうれい》な建物の陰が揺らめいている。

「坊ちゃま、あれが王都の城壁でございます」

ロバートが指差す先には、堂々とそびえる城壁が広がっていた。

「すごい……本当に大きいんだな……」

その光景に圧倒され、僕の胸は高鳴った。

こんな場所で自分の発明した魔道具がどんな評価を受けるのか、期待と緊張が入り混じる。

馬車はゆっくりと王都の門を通り抜け、中央広場へと向かう。

壮大な城壁に囲まれた王都の街並みは、これからの冒険を予感させる活気に満ちていた。

通りにはさまざまな商人や職人が行き来して、威勢の良い声が飛び交っている。

王都の壮麗な街並みに圧倒されているうちに、馬車は中央広場へと到着した。

僕たちはここで馬車を降りて、広場を見て回ることにした。

一足先に下車したロバートが、馬車の扉を開けながら僕に案内を続ける。

「坊ちゃま、こちらが中央広場です。多くの商人がここで商品を売り買いしています」

「すごい……いろんなものがある」

広場には地方から運ばれた珍しい品々が並べられており、見るもの全てが新鮮だった。

その様子を見ていると、父上が隣《となり》で口を開いた。

「エルヴィン、広場だけでなく王都の構造全体をよく見ておけ。発明の役に立つ何かを見つけられるかもしれない」

「はい、父上。いろいろ見て回ります！」

父上の助言に感謝しながら、僕は広場を歩き始めた。

広場に面した店舗や露店を見ながら散策していると、一人の若い職人が目に留まった。彼は精巧《せいこう》な装飾を施した小さな彫金具を手にしており、その細やかな作業に僕は思わず見入ってしまった。

「坊ちゃま、興味をお持ちですか？」

ロバートの問いに頷き、僕は職人に近づく。

「すごいですね！　こんなに精密な彫金ができるなんて」

声をかけると、職人はにっこり笑って作業の手を止めた。

「ありがとうございます。この道具を使えば細かな模様も簡単に彫れるんです」

彼が見せてくれたのは、魔道具を応用した特殊な彫金ツールだった。

先端には魔力を流すための小さなエルメタル片が組み込まれており、正確な彫り込みが可能になっているという。

「この技術は魔道具の小型化に活かせるかもしれない……！」

職人との会話で新たなアイデアが浮かび、僕はその技術の可能性に興奮を覚える。

その後も、広場を歩きながらさまざまな職人や商人と出会った。

中にはカレドリア学院の研究者が出店しているブースもあって、そこでは最新の魔道技術が紹介されており、僕の興味を引きつけてやまなかった。

「エルヴィン、これはどうだ？」

父上が手にしたのは、『マギステライト』と呼ばれる『魔力触媒《まりょくしょくばい》』だった。研究者の説明によると、この触媒は魔力を効率よく集中させる特性を持ち、内部に組み込まれた微細な魔道文字がエネルギー消費を最適化しているという。また、マギステライトは魔力の流れを安定させるため、過剰な魔力の流入による道具の損傷を防ぐ効果もあるとのことだった。

「すごい……これを使ったら、魔道具の耐久性を上げられそうです！」

目を輝かせる僕に満足そうに微笑みながら、父上はロバートに触媒を購入するように指示した。

その後父上が商談に向かうため別行動になり、僕はロバートと共に王都の職人街を訪れることにした。

「坊ちゃま、職人街では貴重な素材や道具が見つかることもございます。慎重にご覧になってください」

ロバートの助言を受けながら、僕は職人街を歩く。

職人街は、中央広場とはまた違う活気に満ちていた。路地裏に並ぶ小さな工房では、それぞれの職人が得意な技術を披露している。

その中で特に目を引いたのは、魔力を通す線細工を専門とする職人の店だった。彼が手がける細工はどれも繊細で美しく、僕の魔道具にも応用できる可能性を感じた。

「これは……どんな技術で作られているんですか？」

職人に質問すると、彼は嬉《うれ》しそうに道具を見せながら説明してくれた。

「この細工は、エルメタルを極細に加工し、魔力を効率よく通すように設計されています。これを組み込めば、魔道具の精度が大幅に上がりますよ」

「すごい！　ぜひ一つ購入させてください！」

僕はその場で購入を決め、さらなる改良の可能性に胸を躍らせた。

夕方、広場や職人街をさんざん歩き回って疲れた僕たちは、宿に戻ることにした。

宿は王都でも有名な格式高い場所で、広い窓からは街全体を見渡せる。

しばらくすると父上が戻ってきた。商談が成功したらしく上機嫌だ。

食事の席では、父上がその日の出来事を振り返りながら語りかけてきた。

「エルヴィン、今日見たものをどう活かすか考えているか？」

「はい、特に彫金の技術やマギステライトが印象に残りました」

僕が答えると、父上は満足そうに微笑んで、続きを促《うなが》す。

「私が商談に行った後は、どうしていたのだ？」

「はい、職人街を回って、新しい技術を見つけました。それらを使って、魔道具の改良を進めようと思います！」

「そうか。それなら、この機会に王都で実績を残してみせろ。お前の発明がどのように評価されるか、楽しみにしているぞ。チャンスは自分で掴《つか》むものだ。王都での時間を有意義に過ごせ」

父上の言葉を胸に刻み、僕は新たな挑戦への情熱を燃やした。

宿の自室に戻った僕は、すぐにスケッチブックを開いて設計案を練り始めた。

「マギステライトをどう組み込めば一番効率が良いだろう……？」

まずは冒険者向けライトの改良案を考えた。現在のエルメタルを基盤にした設計に、マギステライトを組み込むことで、さらに長時間の使用と安定性を実現できそうだ。

「触媒を魔力の流入口に配置して、エネルギー効率を高める……いや、もっと安定した配置が必要だな……」

そこで僕は、職人街で手に入れた線細工のことを思い出した。

これ使って設計を見直してみよう。

細工をマギステライトの近くに配置し、魔力をより効率的に流す仕組みを考えた。

「これなら、安定性も向上するはず……！」

さらに、触媒であるマギステライトと線細工を組み合わせることで、魔道具全体のサイズを小型化できる可能性にも気づいた。

「小さくて使いやすい魔道具なら、もっと多くの人に使ってもらえる！」

設計がまとまったところで、僕は早速試作に取り掛かることにした。

父上の期待に応えるべく、僕の挑戦はさらに熱を帯びていった。

◇

翌日は丸一日試作品の製作にあてて、さらにその次の日。

朝から父上に連れられて宿を出た僕は、王都の貴族や商人が集《つど》う屋敷の大広間に向かった。

今日は父上の商談の一環で、僕の魔道具を披露する場が設けられていた。

「エルヴィン、お前の発明がどれだけ評価されるか見せてみろ」

父上の一言に、僕は気持ちを引き締めた。

大広間の中央に設置したテーブルには、僕が作ったライトや、新たに改良を加えた試作品が並んでいる。その周囲では煌《きら》びやかな衣装に身を包んだ貴族や商人が鋭《するど》い視線を注いでいた。

「これが私の息子、エルヴィンの手による発明品だ。どうぞお手に取ってご覧いただきたい」

父上の紹介を受け、僕は一歩前に出て頭を下げた。

「よろしくお願いします！」

最初に注目を集めたのは、冒険者向けに開発したライトだった。僕はその仕組みを簡単に説明し、実際に点灯してみせた。

「このライトは、特殊な触媒マギステライトとエルメタルを基盤に設計しています。魔力を効率よく光に変換して、長時間の使用を可能にしました。また、防水性能を備えており、どんな環境でもお使いいただけます」

ライトが青白い光を放つと、周囲からは小さな驚きの声が漏れた。

「こんなに小型で明るい光を放つとは……」

「ここまで効率的な設計の魔道具は珍しい」

興味深そうにライトを手に取って性能を確かめている貴族や商人たちに、僕は説明を続ける。

「この試作品では、新しく購入した魔力線細工も採用しています。この細工を使うことで、魔力の流れをより安定させ、さらなる性能向上を実現しています」

試作品を手にした一人の商人が、じっくりと観察しながら僕に質問してきた。

「この魔道具は、どの程度の魔力量で動くのか？」

「わずかな魔力量で十分です。一般的な魔力鉱でも長時間の使用が可能です」

「なるほど。それなら、特別な資源を必要とせず、多くの人に使ってもらえそうだ」

その言葉に、僕はほっと胸を撫《な》で下《お》ろした。

説明が終わる頃には、僕の魔道具に興味を示した多くの貴族や商人から、商談や注文の話が舞い込んできた。

その言葉が僕にとって何よりの励みだった。


夕方、披露を終えた僕たちは宿に戻って、父上と成果を振り返った。

父上は満足げに頷きながら、僕に言った。

「よくやった、エルヴィン。お前の発明は確かに評価されている。今日の反応を見てどう思った？」

「はい、とても嬉しかったです。でも、もっと改良の余地があるとも感じました」

「その気持ちを忘れるな。王都は挑戦と機会に満ちた場所だ。今日の実績を糧《かて》に、さらに励むのだ」

父上の言葉を噛《か》み締《し》めながら、僕は次の発明への意欲を燃やしたのだった。

◇

王都での発明披露が終わった翌日、僕は一息つくために宿を出て散歩に出かけることにした。

父上は商談が続き、ロバートはその手伝いで忙しそうだったので、今日は一人だ。

王都の路地裏には、中央広場や職人街とはまた違う顔があった。小さな店での生活感があるやりとりや、子供たちが走り回る姿を見て、なんだか心が和《なご》む。

「ねえ、あんたも一緒に遊ばない？」

声をかけてきたのは、この辺りに住んでいる子供たちだった。彼らは縄跳びをして遊んでいて、僕を見つけると手招きした。

「僕も？　……うん、いいよ！」

久しぶりの同年代との遊びに胸を弾ませながら、僕は彼の輪の中に入った。

縄跳びや鬼ごっこをするうちに、自然と笑みがこぼれる。

普段の発明作業とは違って何も考えずに体を動かすことに新鮮さを感じながらも、すぐに汗だくになってしまった。

「へへ、すごいじゃん！　でも、次の鬼はあんたね！」

「分かった！」

汗を拭《ふ》きながら全力で追いかける僕の姿に、王都の子供たちが笑い声を上げる。その一瞬一瞬が楽しくてたまらなかった。

鬼ごっこが終わった頃、子供たちが手作りのおもちゃを見せてくれた。

それは、木の枝や布切れを使った簡単なグライダーのようなおもちゃだった。

「これ、どうやって作ったの？」

僕が尋ねると、得意げに少年はおもちゃを持ち上げる。

「適当に枝を削って、布を巻いただけだよ。遠くまで飛ぶんだぜ！」

試しにそのおもちゃを飛ばしてみると、風に乗って意外なほど遠くまで飛んだ。その単純さに驚き、僕は興味を抱いた。

「これ、もっと遠くまで飛ばせるように改良したら面白そうだね！」

「そんなことできるの？」

僕の提案に、子供たちが目を輝かせた。

「うん、多分ね！　明日持ってくるからまた遊ぼう！」

子供たちと別れて宿に戻った僕は、早速スケッチブックを取り出して設計図を描き始めた。

彼らと遊びながら見つけたおもちゃのアイデアを、発明として形にしたいと思ったのだ。

「もっと軽くて丈夫な素材が必要だな……羽の形状も工夫してみよう」

夢中になって設計図を描き続ける僕の姿を見て、ロバートが声をかけてくる。

「坊ちゃま、随分《ずいぶん》と楽しそうですね。何を作っていらっしゃるのですか？」

「今日、一緒に遊んだ子供たちのおもちゃを改良するんだ！　もっと遠くまで飛ぶやつを作れたら、きっとみんな喜ぶと思うんだ」

ロバートは微笑みながら頷き、「素晴らしい発想ですね。私もお手伝いしましょう」と言ってくれた。

その夜、宿に戻ってきた父上に、僕は今日あった出来事を報告した。

「父上、今日、王都の子供たちと一緒に遊びました！　そこで見せてもらったおもちゃを改良しているところです」

「ほう、お前が遊びをきっかけに発明をするとは面白いな。その柔軟な発想を忘れるな」

父上は感心した様子でそう応えた。

その言葉に、僕はさらに意欲を燃やしたのだった。

翌日、僕は完成した改良版のおもちゃを持って、昨日の子供たちのもとを訪れた。

軽い木材と布を使い、羽の角度を調整することで、より遠くまで飛ぶように工夫したものだ。

「みんな、これ見て！　新しいおもちゃを作ってみたんだ」

僕が呼びかけると、子供たちはワイワイとはしゃぎながら僕の周りに集まって、おもちゃを手に取った。

「うわ、本当にすごい！　どれだけ飛ぶのか試してみよう！」

実際に飛ばしてみると、おもちゃは風に乗って遠くまで飛んでいった。歓声が上がり、子供たちは大喜びしている。

「エルヴィン、すごいね！　こんなに遠くまで飛ぶなんて！」

「ありがとう！　遊びながらもっと改良できることを考えてたんだ」

子供たちと笑い合いながらおもちゃを飛ばす時間は、本当に楽しかった。

遊びの中にも発明のヒントがあり、それがまた誰かを喜ばせるものになる。それが僕の目指すものだと改めて感じた。

◇

子供たちと遊んだ翌日、僕は王都の職人街を再び訪れた。目的は、新しい素材や技術を探して、さらなる発明の可能性を広げることだ。

職人街は朝から活気に満ちていて、道沿いの工房からは金属を叩く音や木材を削る音が響いてくる。

中でも特に目を引いたのは、小さな鍛冶《かじ》工房《こうぼう》だった。その店先には、光沢のある金属製品が並べられている。

「よう、坊ちゃん。何か探しているのかい？」

店主の鍛冶職人が、屈強な腕で鉄塊《てっかい》を持ちながら笑顔で話しかけてきた。

「はい！　魔道具の素材を探しているんです。この金属はなんですか？」

僕が指差したのは、青白い輝きを放つ薄い板状の金属だった。

「これは『ルナティウム』って金属だ。軽くて魔力を通しやすいんだが、加工が少し難しい代物《しろもの》だな」

僕はその特徴に耳を傾けながら、以前使ったマギステライトとの違いを思い出した。

マギステライトは重さがあるものの、魔力を安定的に通す特性があり、頑丈な基盤として最適だ。一方で、ルナティウムは、軽量で光を効率的に拡散する能力があるが、扱いには慎重さが必要なようだ。

「マギステライトは安定性を求める道具に向いているけど、ルナティウムは軽さと反射性が求められる魔道具に適している……」

その考えを口に出すと、鍛冶職人が笑いながら頷いた。

「その通りだ、坊ちゃん。それぞれの素材を使い分けることが、良い魔道具を作るコツだよ」

その特徴に興味を持った僕は、ルナティウムを使った発明の可能性を頭の中で考え始めた。

「これを少し分けていただきたいのですが、おいくらですか？」

「タダでいいぜ。お前みたいな子供が何を作るのか興味があるからな」

鍛冶職人は笑いながら、ルナティウムの小さな板を僕にくれた。


宿に戻った僕は、早速ルナティウムを使った魔道具の設計に取り掛かった。目指すのは、軽量で持ち運びが簡単な新型ランタンだ。

日常用だから、冒険者用ライトほどの堅牢性はいらないだろう。

「まずは、ルナティウムの形状をどう活かすかだな……」

僕はスケッチブックに設計図を描きながら、魔力の流れを効率化する配置を考えた。

さらに光の広がりを調整するため、ルナティウムに反射板としての機能を持たせることにした。

「これなら、明るさも広がりも両立できるはず！」

そう思ってルナティウムの加工に取り掛かってみたものの、力加減が難しくてなかなかうまくいかなかった。弱い力だとビクともしないし、かといって無理に力をかけると欠けてしまう。

そこで僕は、ルナティウムの加工を保留して、それ以外の部分を先に仕上げることにした。

作業を進めていると、ロバートが部屋に顔を出した。

「坊ちゃま、何かお手伝いできることはございますか？」

「ありがとう、ロバート。ルナティウムを加工するための道具を探してくれるかな？」

「承知しました。すぐに手配いたします」

ロバートの協力もあり、僕は設計をさらに進めることができた。

翌日、僕は鍛冶職人の工房を再訪して、ルナティウムの加工についてアドバイスをもらうことにした。

「坊ちゃん、加工するときは魔力を少しずつ流しながら形を整えるんだ。急に力を入れると割れてしまうからな」

鍛冶職人の手ほどきを受けながら、僕は慎重にルナティウムの加工の仕方を覚えた。

魔力を使いながら少しずつ形を整えていく作業は難しかったが、その分うまくいったときの達成感も大きかった。

「よし、これで形になった！」

完成した新型ランタンを試すため、僕は宿の外に出た。

ランタンを点灯させると、柔らかい光が広がり、周囲を優しく照らした。

宿の人々や旅人たちがその光に感嘆し、僕の周りに集まってくる。

「すごい……！　こんなに軽くて明るいなんて！」

「このランタンはどこで手に入りますか？」

「まだ試作品だけど、もっと改良してたくさん作りたいと思っています！」

みんなの声を聞きながら、僕は新しい発明の手応えを感じた。

ルナティウムを使った新型ランタンは父上からも褒《ほ》めてもらえた。

父上は「このランタンも、きっと多くの人々に喜ばれるだろう」と太鼓判《たいこばん》を押した。

◇

そしてその翌日。

僕はロバートと共に再び職人街を巡ることにした。

既存の発明にとらわれない新たなインスピレーションを得るために、未知の素材や技術を探すのが目的だ。

王都の職人街は早朝から賑《にぎ》わいを見せていた。工房の店先では相変わらず金属を叩く音が響き、路地裏からは木材を削る音が聞こえてくる。その中でひと際《きわ》目を引いたのは、装飾品や工芸品を扱う小さな店だった。

「坊ちゃま、こちらの店には特殊な加工技術を持つ職人がいると聞いております」

ロバートが耳打ちしながら、店の扉を開けた。店内は薄暗く、壁一面に美しい細工が施された金属片が飾られている。

「いらっしゃい。今日は何を探しに来たのかしら？」

そう言って迎え入れてくれたのは、年配の女性職人だった。彼女は優しい笑顔で僕を見つめながら用件を尋ねた。

「魔道具の素材や、新しいアイデアを探しているんです」

僕が答えると、彼女は棚から小さな金属片を取り出した。

「『エルヴィス銀《ぎん》』よ。この銀はただの金属じゃないわ。魔力を帯びていて、光を美しく反射するし、魔力も効率よく流れるの」

その説明に興味を引かれて、僕は銀片を手に取った。冷たく滑らかな感触と、かすかに輝く光沢が印象的だ。

これを外装に使えば、光がもっと綺麗《きれい》に広がるはず……

エルヴィス銀を使った装飾性と実用性を兼ね備えた携帯型の小型ランタンなんてどうだろう。

ふと、そんなアイデアを閃《ひらめ》いた。

エルヴィス銀の薄さを活かしつつ、魔力を効率よく流すための魔道文字を彫り込めば、きっと光を綺麗に拡散させられる。

「これを使えば、新しい発明ができそうです！　これを分けていただけますか？」

「もちろんよ。私も昔は、新しいことに挑戦する楽しさに夢中だったわ。あなたもその気持ちを大切にして、素敵な発明品を作ってね」

彼女から譲り受けたエルヴィス銀を手に、僕は新たな発明への期待に胸を膨らませた。

宿に戻った僕は、早速スケッチブックにアイデアを書き出し、設計に取り掛かった。

そして翌日、僕は再び職人街を訪れた。

エルヴィス銀の加工を女性職人にお願いすることにしたのだ。

「この銀片に、指定した形状に加工してもらえますか？」

設計図を見せると、彼女は頷きながら答えた。

「良い発想ね。このエルヴィス銀は繊細だから、ゆっくり丁寧に作業を進めるわ」

熟練した手つきで銀片が形作られていくのを見守りながら、僕は完成を待った。

エルヴィス銀の部品が完成すると、僕はすぐに宿に戻って、組み立てを開始した。

銀の反射性を活かし、光を拡散させる機能を持つランタンが徐々に形になっていく。

「これで、どんな場所でも明るさを保てるランタンになるはず……！」

組み立てを終えた僕は、ランタンを点灯させて試してみた。

「これはすごい……！」

反射で光が部屋全体に広がり、柔らかく温かい光が空間を包み込む。

その光景を見ていたロバートと父上が、揃って感嘆の声を上げた。

「坊ちゃまの発明は、見るたびに驚きますね」

「うむ！　エルヴィン、お前は本当に努力を惜しまないな。このランタン、光の広がりが素晴らしい。こんな小さな魔道具がこれほどの可能性を秘めているとは驚きだ」

そう言って、父上は満足げに微笑んだ。

二人に褒められて、僕の心が温かくなる。

「ありがとう、父上、ロバート！　次はもっと多機能なものを作ってみせます！」

父上はしばらくランタンを眺《なが》めたあと、優しい口調で言葉を続けた。

「発明は人を助け、日々の生活を豊かにするものだ。それを忘れなければ、お前の道具はきっと人々の心を明るく照らすだろう」

その言葉には、父上の深い思いが込められていた。僕は頷きながら、父上の期待に応えたいという思いを新たにした。

「はい、父上！　もっと頑張ります！」

エルヴィス銀を使った僕の発明はまだ始まったばかり。これからも、新しい素材と技術を探し続けていくのだ。

◇

王都での充実した日々が続く中、父上から突然声をかけられた。

「エルヴィン、明日王都を発《た》って領地に帰る。そろそろ準備を始めるぞ」

その言葉に、僕は少し驚きつつも頷いた。

王都での発明披露や職人たちとの出会いは刺激的で楽しい経験だったが、故郷への帰還も心が弾む。

「エルヴィン、王都はどうだった？」

父上の問いに、僕は強く頷く。

「はい、たくさんのことを学びました。この経験を活かして新しい発明に挑みます！」

父上は少し笑いながら、目を細めて僕を見つめた。

「お前のそういうところは頼もしいな。ただし、焦るなよ。じっくりと着実に成果を出すのも、発明家に必要な資質だ」

「はい、父上！」

見ると、すでにロバートが手際よく荷造りを進めていた。彼はこれまでの旅で手に入れた道具や素材を一つ一つ確認しながら、鞄《かばん》や箱に丁寧に詰め込んでいく。

「ロバート、僕も荷造りを手伝うよ！」

僕がそう申し出ると、ロバートは恐縮した様子で首を横に振る。

「坊ちゃま、荷物は私がまとめますので、その間に王都を見て回ってきてくださいませ」

「ありがとう。でも、自分のことは自分でやらないとね！」

ロバートと手分けして荷物をまとめながら、僕は王都での日々を振り返った。

翌日、出発の朝。

僕は宿を出る前に、王都でお世話になった職人たちや商人たちに挨拶をしに行くことにした。

最初に向かったのは、ルナティウムを分けてくれた鍛冶職人の工房だった。彼は僕の姿を見るなり、豪快に笑いながら挨拶してくれた。

「坊ちゃん、もう帰るのか？　王都にはまだ面白いものがたくさんあるぞ」

「はい、でも領地でもっと新しいものを作るつもりです！　次に来るときは、またお世話になります」

「そうか。今度はもっと難しい素材を扱わせてやるよ」

鍛冶職人の言葉に感謝しながら、僕は工房を後にした。

次に訪れたのは、エルヴィス銀を加工してくれた女性職人の工房だった。彼女は完成したランタンを見て満足そうに微笑んだ。

「あなた、本当に良い仕事をしたわね。このランタン、私も誇りに思えるわ」

「ありがとうございます！　おかげで素晴らしい発明ができました！」

「また何か作りたくなったら、いつでも訪ねてきてね」

その言葉に、自然と胸が温かくなった。

女性職人に別れを告げて最後に訪れたのは、中央広場の商人たちの店だった。

しかしそこで、僕は意外な顔を目にする。

シュトラウス領でお世話になっている商人のハインツだ。

「ハインツさん。王都にいらっしゃるなんて、驚きました！」

「はい、王都の商談会に参加するために参りました。こちらでエルヴィン様のご活躍の噂を耳にして、とても嬉しく思いました」

　僕が声をかけると、ハインツはニコニコしながら王都での市場の動向や新しい商品について話してくれた。その話から、彼が商人として柔軟さと広い視野を持っているのを感じる。

「エルヴィン様、次にお会いする際には、さらに素晴らしい魔道具を拝見できることを楽しみにしております」

「もちろんです！　王都でいろいろ新しい素材を手に入れましたからね。期待していてください」

　王都での最後の挨拶を終えた僕は、中央広場の賑わいに後ろ髪を引かれながらも、父上と共に馬車に乗り込んだのだった。


　馬車が動き出し、車窓から見える王都の高い城壁や華やかな街並みが、次第に遠ざかっていく。

　隣に座る父上はしばらく書類に目を落としていたが、やがて顔を上げて僕に尋ねた。

「エルヴィン、何を考えている？」

　父上が視線を上げ、僕に問いかけた。

「はい、領地でどんな発明を作るべきかを考えていました。王都で得たマギステライトやルナティウムを活かせる魔道具を作りたいです」

「素材を活かす魔道具か……良い考えだ。だが、領民が何を必要としているかも考えるのを忘れるな。発明は自己満足ではなく、人々を助けるためのものだ」

父上の言葉に深く頷きながら、僕は領地での計画をさらに練ることにした。

その後も馬車は故郷への道を静かに進んでいった。

いつの間にか、景色は穏やかな田園風景へと変わっていて、窓から見える草原の中には、点々と小さな農家が並んでいた。

「坊ちゃま、そろそろお疲れではありませんか？　長旅は体に応えますからね」

ロバートが心配そうに声をかけてきた。

僕は軽く体を伸ばしながら答える。

「大丈夫だよ、ロバート。むしろ、この静けさが心地いい」

ロバートは微笑みながら、水筒を差し出してくれた。

「ありがとう、ロバート。本当に助かるよ」

こうして旅の途中でも気遣ってくれるなんて、感謝してもしきれない。

――故郷までの十日の道中も残り一日になった。

宿場町で一泊した翌朝。僕たちは険しい山道を越えていた。

馬車は揺れるが、車窓から見える景色は壮大に広がっている。僕は谷間を流れる川や遠くの山並みを眺めながら、新しいアイデアをノートに書き留めていた。

「坊ちゃま、何をお書きですか？」

ロバートが身を乗り出して僕に尋ねた。

「新しい発明のアイデアだよ。これまで作ったランタンをもっと持ち運びやすくして、さらに別の機能をつけられないか考えているんだ。たとえば、夜遅くまで農作業をしている人が手元を簡単に照らせるようにしたり、寒い朝には道具を温められる小型ヒーターを組み込んだりとか。もっと実用的な形にできたら、領民の役に立つと思うんだ」

「それは素晴らしいですね、坊ちゃま。寒い季節に外で作業をする人たちが、手軽に使えるような道具になれば喜ばれるでしょう。それに、夜の見回りをする方々にも役立つかもしれませんね」

ロバートの言葉に励まされながら、僕は夢中で書き続けた。

昼過ぎになって、広大な平原を越えたあたりで、ついに領地の城が遠くに見え始めた。

その姿を目にした瞬間、僕の胸には安堵《あんど》と共に、家族に会える嬉しさが湧いてきた。

「もうすぐ着くぞ、エルヴィン」

父上の声に僕は笑顔で頷く。

「はい、父上。母上や兄さんたちは元気にしているでしょうか。早く顔を見たいです！」

「そうだな。エレナが何か特別なお菓子を用意しているかもしれんぞ」

それを聞いて、僕の心は軽くなり、期待に胸が膨らんだ。

馬車が揺れるたびに、家族との日常が目に浮かぶ。

母上が微笑みながら迎えてくれる姿や、兄さんたちとの賑やかな会話——そんな温かい光景が頭の中に広がった。

馬車が城門を越え、領地の風が頬を撫でたとき、胸に広がってきたのは純粋な喜びだった。「ただいま」と声に出したくなる気持ちを抑えながら、僕は家族との再会を心待ちにした。

馬車が城内に入ると、使用人たちが整然と並び、僕たちの帰りを出迎えてくれていた。

その中央には、母上が微笑みながら立っている。

「おかえりなさい、エルヴィン。無事に戻れて何よりです」

母上の優しい声に、僕は思わず駆け寄った。

「ただいま、母上！　王都でたくさんのことを学んだよ！」

「それは良かったわね。きっと素晴らしい経験になったでしょう」

母上が僕の頭に手を置き、優しく撫でてくれる。その温かさに、旅の疲れが一気に和らいだ気がした。

応接室に入ると、兄さんたちが待っていた。

アレクシス兄さんが微笑みながら声をかけてきた。

「エルヴィン、王都での評判は聞いているぞ。お前の発明が多くの人に評価されたそうだな」

「うん、いろいろな人たちと出会って、すごく勉強になったよ！」

「そうか。それで、次は何を作るつもりなんだ？」

アレクシス兄さんの問いに、僕は王都で得た素材やアイデアを思い浮かべながら答える。

「ランタンを改良してもっと持ち運びしやすいものにしようと思っているんだ。王都で学んだことを全部活かして、他にももっと領民の役立つものを作りたい！」

「エルヴィンらしいな。領地のために頑張れよ」

アレクシス兄さんはそう言って、元気づけるように僕の背中を軽く叩いた。

それを見て、母上が微笑みながら何度も頷いている。

「あなたがどんどん成長しているのが分かるわ。でも無理はしないで。楽しみながら作ることを忘れないでね」

「ありがとう、母上。僕、もっと頑張るよ！」

家族の言葉に励まされ、僕の心は新たな挑戦への意欲で満たされた。


夕食の時間は家族全員が集まって、久しぶりに賑やかな食卓が戻ってきた。

テーブルには料理人たちが腕によりをかけたご馳走《ちそう》が並び、その中には僕の好きなスープも用意されていた。

「これ、僕の好きなスープだ！」

「そうよ。エルヴィンが帰ってくると聞いて、料理人たちが心を込めて準備したの」

「ありがとう、母上!」

スープを一口飲むと、故郷に戻ってきたことを一層実感し、今ここで過ごす時間が心地よく感じられた。同時に、王都での忙しい日々が思い出に変わる。

リヒャルト兄さんも微笑みながら僕に声をかける。

「あとで王都で得た素材や技術を見せてくれないか? どんなものを手に入れたのか興味がある」

「もちろん! マギステライトやルナティウムを使った新しい魔道具のアイデアもあるんだ!」

「そうか。それは楽しみだ!」

兄さんたちと笑い合いながら、僕は家族との再会を心から楽しんだ。

◇

領地に戻ってから数日が経った。

すっかり旅の疲れも取れて家族との時間を堪能した僕は、いよいよ新しい発明に取り掛かる準備を始める。

作業場には王都で手に入れた素材が綺麗に並べられている。マギステライトやルナティウム、それに新しい工具。どれも発明の可能性を広げる宝物だった。

僕は早速作業机に向かった。

「さて、まずはランタンの改良からだ」

これまでに作ったランタンを手に取り、王都で得た技術をどう活かすかを考える。

新しい素材を使用すれば、軽量化や持ち運びのしやすさだけでなく、光の強さや持続時間を向上させる余地がある。

「魔力効率を上げるには、ルナティウムをどう配置するかが鍵だな……」

僕はスケッチブックを広げ、これまでのランタンの設計を見直しながら、新たな改良案を描き始めた。

設計図を描きながら、僕は王都での出会いや学びを思い出す。

職人たちとの会話や商人たちの期待の言葉が、今も背中を押してくれる気がした。

これまでのランタンより性能を向上させるならば、光をもっと効率よく広げるための工夫が必須だ。

「ルナティウムの反射板の形を工夫して、もう少し光の拡散力を上げられないかな……ここでエルヴィス銀を組み合わせたらどうだろう？」

僕は手に入れた素材の相互作用を意識して、今までの設計を見直していく。

「構造上どうしてもこの部品邪魔になるけど……マギステライトをこっちに配置すれば、魔力の流れが安定するはず」

設計図を描き終えたところで、早速試作に取り掛かることにした。

新しい工具を手に、ルナティウムやエルヴィス銀の加工を始める。繊細な金属の輝きに注意を払いながら、慎重に形を整えていく。

作業を続けていると、いつの間にか夕方になっていた。

一度休憩を取ることにした僕は、作業場を出て食堂に向かう。

設計図を眺めながら軽食をとっていると、リヒャルト兄さんと母上が食堂にやってきた。

「エルヴィン、調子はどうだ？」

「うん、ランタンの改良に取り掛かったところだよ。これまでのものよりもっと軽くて、明るくなるはず！」

兄さんはテーブルの上の設計図をじっと覗き込みながら頷く。

「なるほど、ルナティウムとマギステライトを組み合わせるのか。さすがだな。完成が楽しみだ」

「ありがとう、兄さん。でも、ランタンの形をもう少し工夫したいんだけど、なかなか良い案が浮かばなくて……」

そんな僕の呟《つぶや》きに、母上が反応した。

「それなら、領民の皆さんの意見を聞いてみるのもいいかもしれないわね」

「領民の意見？」

母上は僕に優しく微笑みながら続ける。

「そうよ。彼らが実際にどんな場面で使いたいのか、どんな機能があれば助かるのか。それを聞くことで、さらに良いものが作れると思うわ」

母上の言葉は、僕に大事なことを思い出させてくれた。

確かに、今の僕は王都で手に入れた素材をどう活かすかばかり考えていた。作る側の視点だけでなく、使う側の視点を取り入れることが大切だ。この前それを学んだばかりだというのに……

「ありがとう、母上。早速領民の皆さんに話を聞いてみるよ！」

母上の助言のおかげで、僕は「みんなのために」という発明の原点を思い出した。

早速、僕は市場訪問の予定を立てるのだった。


翌朝、僕はロバートと共に市場に向かった。

そこには多くの領民が集まっていて、賑やかな声が飛び交っている。

隣を歩くロバートが僕に尋ねる。

「坊ちゃま、どのようなことをお聞きになりたいですか？」

「ランタンの使い勝手についてだよ。どんな場面で使いたいのか、どんな機能が欲しいかを聞いてみたいんだ」

市場を歩き回りながら、僕は農作業をしている人や、商売をしている人たちに声をかけた。

最新の試作品を見せながら、要望を出してもらう。

「畑仕事で使うなら、手が塞《ふさ》がらないようにしたいですね。そういうランタンがあれば、明け方や夕暮れでも作業しやすそうです」

「もっと光が広がると、店先でも役立ちそうです。商品をたくさん並べると、灯りを置く場所が限られますからね」

領民たちから出てくる意見はどれも実用的で、僕の考えをさらに広げてくれるものばかりだった。

作業場に戻った僕は、領民たちの声を反映した新たな設計図を描き始めた。

「肩に掛けられるストラップをつけて、両手が自由になるようにしよう。腰に提《さ》げる形だと作業中に邪魔になることがあるけど、肩に掛ければ動きやすいし、体全体を使う作業でも使いやすいだろうしね。それに、光の角度を調整できる機能も必要だな」

王都で得た素材や技術と、領地で聞いた声。その両方を取り入れたランタンの完成を目指し、僕は再び作業に没頭した。

一つ一つの工程に細心の注意を払いながら作業を続けていく。

「肩に掛けるストラップは、軽くても十分な強度があるものにしないと……」

ストラップの素材には、王都で仕入れた柔らかくて丈夫な布を使い、装着感を快適にする工夫を加えた。

さらに、光の調整機能を付けるため、ルナティウムの配置を見直しながら何度もスケッチを描き直す。

「これなら、夜間作業でも使いやすいし、光の方向も自由に変えられるはず！」

新しい設計図をもとに、試作のランタンが徐々に形になっていく。

王都で得た経験と領民の声が、この発明を支えているのを実感しながら手を動かした。

試作品が完成したのは夜も更けた頃だった。小型で軽量、そして持ち運びが簡単なランタンは、自分でも納得のいく出来栄《できば》えだった。

「よし、まずは試してみよう」

作業場の灯りを消して、ランタンのスイッチを入れる。青白い光が優しく広がり、作業台全体を照らした。

ストラップを肩に掛けて動いてみると、腕や体の邪魔になることはなく、光の角度が自由に調整できる仕組みもうまく機能している。

これなら、領民のみんなもきっと喜んでくれるだろう。


翌日、ロバートと共に完成したランタンの試作品を持って市場を訪れると、早速領民たちが興味を示してくれた。

「エルヴィン様、そのランタンは新しい試作品ですか？」

「はい！　昨日皆さんから聞いた意見を取り入れて作ってみました。ぜひ試してみてください！」

農作業をしているという男性がランタンを受け取り、肩に掛けて体を動かす。

「これはすごい……！　肩に掛けると両手が自由になるし、光の方向も調整できるから作業がしやすそうですね」

別の女性も感心した様子でランタンを覗き込みながら言った。

「軽いし、子供でも簡単に使えそうです。夜道を歩くときにも便利そうですね」

領民たちの喜びの声を聞いて、僕の胸に達成感が広がった。

「皆さんのご意見のおかげで、このランタンを作ることができました。これからもっと改良して、実用化していきます！」

市場の人たちとのやり取りを聞いていたロバートが、しみじみと感想を口にする。

「坊ちゃま、本当に素晴らしい出来栄えですね。これなら、領民の皆さんにも喜ばれることでしょう」

「ありがとう、ロバート。でも、これで終わりじゃないよ。もっと長く使えるように魔力の消費量を抑えたいんだ」

「坊ちゃまのそういう姿勢が、素晴らしい発明に繋がるのでしょうね」

ロバートは微笑みながらそう言った。

市場を後にした僕たちは領地内にある村へ向かった。市場以外の場所でもランタンの改良について具体的な意見を聞くためだ。

隣を歩くロバートが、微笑みながら僕に言った。

「坊ちゃま、こうして皆さんに直接話を聞くのはとても良いことです」

「うん、僕もそう思うよ。使う人たちの声を反映させないと、良い発明にはならないからね」

昼過ぎに村に着いた僕たちは、人が集まっていそうな広場に足を運んだ。

村の広場では、午前中の農作業を終えた人々が集まって、休憩したり収穫物を売り買いしたりしていた。

僕が呼びかけると、彼らは新しいランタンを手に取って試してくれた。

「肩に掛けるのは便利だが、もう少し光が広がるといいな」

「この軽さは素晴らしい。だが、持続時間がもう少し長ければ……」

具体的な意見を聞きながら、僕は新たな改良点をノートに書き留めた。

ロバートも細かい要望をまとめてくれて、次の設計に役立ちそうなヒントが集まった。


その夜、夕食の席で、僕の発明の話題になった。

「エルヴィン、今日は市場でランタンを試してきたそうね」

母上がそう切り出すと、リヒャルト兄さんが言葉を継いだ。

「その後村にも足を伸ばしたって、ロバートに聞いたぞ。熱心だな。それで……反応はどうだった？」

「みんなすごく喜んでくれて、もっと改良してほしいって意見もたくさん聞けたよ」

僕の答えを聞いて、リヒャルト兄さんが満足そうに頷く。

「それは良いことだ。そうやって改良を続けていけば、より完成度の高いものが作れる。お前ならできるさ」

「すばらしいわ、エルヴィン。あなたの作る魔道具が領民を助けていると思うと、私も嬉しいわ」

兄さんと母上の優しい言葉に、僕は心が温かくなるのを感じた。

「ありがとう、リヒャルト兄さん、母上。これからも頑張るよ！」

こうして、僕の領地での発明の日々はますます充実していった。

◇

市場や村での試作品の反響を受けて、僕の作業場はますます活気を帯びていた。

ランタンの改良をさらに進めるため、領民の声を取り入れた新しい設計図がスケッチブックを埋め尽くしている。

「さて、今度は魔力効率をもっと向上させる仕組みを考えないと」

ランタンの魔力消費を抑えるため、マギステライトの配置を変更し、魔力の流れを最適化する回路を設計した。

さらに、魔力鉱の種類にも目を向けて、小型で純度の高いものを選び、より効率的に魔力を供給できるように工夫した。

「魔力鉱をこの角度で配置すれば、魔力がスムーズに流れるはず……」

魔力鉱を慎重に固定し、ピンセットを使って微調整を加える。

幼い小さな手では工具を持ちにくかったり、思うように動かせなかったりすることもあり、何度か失敗してはやり直した。

「くそっ、今度はちゃんといくはず！」

それでも、ランタンの光の広がりを改良するためには魔道文字の彫り方も見直す必要がある。彫刻刀で慎重に文字を刻み込むたびに、細かい金属粉が舞い上がった。

「思ったより細かい作業だな……でも、これが成功すれば光の強さが調整できる！」

失敗を繰り返しながらも、幼い自分だからこそ気づく工夫や遊び心を交え、少しずつ形にしていく作業が楽しかった。

しばらくすると、いつの間にか作業場を訪れていたアレクシス兄さんが、新しいランタンを手に取ってじっと観察していた。

「エルヴィン、このランタンは見た目も性能も随分と進化しているな」

「ありがとう、兄さん。でもまだ魔力効率が完全じゃなくて、改良の余地があるんだ」

兄さんは頷きながら言った。

「それだけ向上心があるのは良いことだ。だが、次の発明を考えるのも大切だぞ。お前のアイデアは無限の可能性を秘めているからな」

「次の発明か……確かにそうかも。ランタン以外にも考えてみるよ！」

兄さんとの会話を通じて、新しい方向性を模索《もさく》する意欲が湧いてきた。

夕方になって、母上が作業場に顔を出した。

「エルヴィン、今日村の人たちと話をしてきたら、みんなあなたのランタンを気に入っていたわ。早く製品化してほしいって言っていたわよ」

「うん、もっと改良していきたいと思ってる。みんなが笑顔になる魔道具を作りたいんだ」

「その気持ちを忘れないでね。あなたの発明が人々の生活を豊かにすることを、私も誇りに思うわ」

母上の言葉に胸が温かくなり、改良への意欲がさらに高まった。

夜遅くまで作業を続け、ようやく新しいランタンの試作が完成した。肩に掛けやすく、光の広がりと持続時間も向上している。

「これで、領民のみんなにももっと喜んでもらえるはず！」

すぐにこれを再び市場や村で試してもらおうと決め、僕は机に広げた設計図を見つめながら微笑んだ。

家族と領地で過ごす時間は、王都での忙しさとは違った心地よさがあった。

# 新たな命と家族の未来

領地での充実感のある日々が過ぎていく中、僕は相変わらず発明に勤《いそ》しんでいた。

そんなある日、母上が作業場を訪ねてきた。

「エルヴィン、作業は順調かしら？」

「うん、みんなの意見を取り入れて、さらに使いやすいランタンにしようとしているんだ」

母上は微笑みながら僕の設計図を覗き込んだ。

「あなたの発明が領地の人々を助けていると思うと、私も嬉しいわ」

そう言って母上は微笑むが、ふとした違和感が心をよぎった。母上の顔色が少し優れないように見えたのだ。

「母上、少し疲れているんじゃないですか？　最近、無理をしているんじゃ……」

僕が尋ねると、母上は一瞬驚いたような顔をする。

それから彼女は柔らかく笑った。

「そんなに心配しなくても大丈夫よ。ただ……少し変化があっただけ」

「変化……？」

母上は椅子に腰を下ろし、穏やかな声で話を続けた。

「実はね、エルヴィン。新しい家族が増えるのよ」

「新しい家族？」

その言葉の意味を理解するまで数秒かかった。そして母上の穏やかな笑顔と、そっとお腹に手を置く仕草を見て、ようやく気づいた。

「もしかして……母上……!?」

「ええ、そうよ。まだ小さいけれど、新しい命がここにいるわ」

母上の言葉に、僕の胸がじんわりと温かくなった。驚きと嬉しさが入り混じり、どう言葉にしていいのか分からない。

「本当に……!?　すごい……！　ぼ、僕、お兄さんになるんだね！」

僕が興奮気味に言うと、母上はクスリと笑った。

「ええ、そうね。これからはあなたが頼れるお兄さんとして、この子を守ってくれることを期待しているわ」

「もちろんだよ！　絶対に守る！」

母上は微笑みながら、僕の頭を優しく撫でてくれた。

その手の温かさに、新しい家族を迎える期待と責任感が湧いてきた。

その日の夕食の席では、家族全員が集まり、母上の妊娠が正式に伝えられた。兄さんたちは驚きつつも喜びの声を上げた。

「母上、本当におめでとうございます！」

「新しい家族か……楽しみだな」

アレクシス兄さんもリヒャルト兄さんも、それぞれの立場で母上を気遣う言葉をかけた。父上も嬉しそうに頷きながら話に加わる。

「家族が増えるのは良いことだ。この領地もさらに賑やかになるな」

その言葉で家族全員が笑顔になり、温かな雰囲気《ふんいき》に包まれたのだった。

◇

母上の妊娠という嬉しい知らせを聞いた翌日、僕は新たな気持ちで作業場に向かった。

ランタンの設計図を見ながら考える。

「お兄さんとして、あの子に何をしてあげられるだろう……」

家族が増えるという事実が、僕の中に新しい目標を芽生《めば》えさせていた。

新しい命が家族に与える喜びと、それを守る責任を胸に、僕はランタンの改良にさらに力を入れる決意をした。

家族の未来を明るく照らす存在になれるように、これからも頑張っていこう。

「あの子が大きくなったときに役に立つ魔道具を作りたい……」

そんな思いを胸に、僕はランタンの改良にさらに力を注いだ。

明るさを調整できるように魔道文字を彫り直し、持続時間を延ばすために魔力鉱の配置も見直す。

「肩掛けだけじゃなくて、どんな体型の人でも使いやすくなる、調節可能なストラップを追加しよう！」

スケッチブックを広げて設計図を描き直していると、リヒャルト兄さんが作業場を訪れた。

「エルヴィン、相変わらず集中しているな」

「うん！　赤ちゃんが成長したときにも使えるような、もっとすごい魔道具を作りたいと思ってさ」

リヒャルト兄さんは頷きながら設計図を見て、静かに微笑んだ。

「良い発想だな。お前の魔道具はきっと、この家族にも大きな役割を果たすだろう。だが……一つだけ忘れるなよ。作るだけじゃなくて、ちゃんと自分も一緒にその道具を楽しむ時間が必要だ」

その言葉に、僕はハッとした。

「確かに……！　ただ便利なものを作るだけじゃなくて、一緒に使える時間を作ることも大事だよね」

その夜、僕は母上のところに行き、設計中のランタンについて話をすることにした。母上は窓辺の椅子に座りながら、微笑みで僕を迎えてくれた。

「エルヴィン、今日はどんなことを考えていたの？」

「母上、新しいランタンをもっと便利に改良しようと思っているんだ。将来、その子が夜道を安心して歩けるように」

僕の言葉に、母上は目を細めて頷いた。

「それは素晴らしい考えね。道具の便利さだけじゃなくて、あなたの優しさもきっと伝わるわ。あなたが作る魔道具には、そういう温かさが宿っているから」

「ありがとう、母上。僕、もっと頑張るよ！」

母上の励ましを胸に、僕はもう一仕事しようと、再び作業場に戻った。

すると、ロバートが心配そうに声をかけてきた。

「坊ちゃま、そろそろお休みになられてはいかがですか？　長時間の作業は体に応えますよ」

「ありがとう、ロバート。でももう少しだけ！　ほら、この魔道文字を変えたら、光の持続時間がさらに伸びそうなんだ」

ロバートは少し笑いながら、僕の肩に手を置いた。

「坊ちゃまの情熱には感心しますが、明日もあるのですから、無理は禁物ですよ」

「分かったよ、ロバート。もう少しだけやったらちゃんと休むから！」

諦《あきら》めたようなロバートの表情に微笑みながら、僕は最後の調整を終えた。

◇

母上の妊娠を知った日から、僕は家族が増えることへの期待と不安で胸がいっぱいだった。

弟か妹が生まれてくるという事実は、僕にとってまだ少し現実感が薄いけれど、何か特別なことをしてあげたいという思いは強かった。

「赤ちゃんが生まれたら、どんな道具が必要になるんだろう？」

僕はスケッチブックを広げて考え始めた。すぐに思いついたのは、子守《こもり》の負担を軽くする魔道具だ。

「たとえば、泣き声に反応して優しい音楽を流す魔道具とか、赤ちゃんの近くで安全に魔力を使えるおもちゃがあったら便利だよね！」

ぷにぷにとした手で鉛筆を握《にぎ》りながら、僕は一つ一つのアイデアを丁寧にスケッチしていった。

赤ちゃんのことを考えながら作業していると、思わず鼻歌がこぼれるくらい楽しくなる。

その日の午後、母上が作業場を訪れた。

「エルヴィン、今日は何をしているの？」

「泣き声に反応する魔道具とか、赤ちゃんのために、おもちゃのアイデアを考えているんだ！」

僕のスケッチを見て、母上は驚きながら微笑んだ。

「あなたらしいわね。赤ちゃんに使うものだから、優しさを込めることも忘れないでね」

「もちろんだよ、母上！」

母上の助言に力をもらって、僕はさらに集中して作業を進める。

ランプの試作が完成するまでには、いくつかの困難があった。

まず、今までみたいに明るさばかりを追求してしまうと、赤ちゃんの目には刺激が強すぎるだろう。優しい光にするために魔力鉱を小型化し、少量の魔力で効率よく光を放てるように配置を工夫した。

「魔力鉱をこの角度で固定すれば、もっと光が柔らかくなるはず……」

慎重に調整しながら、魔道文字を彫る作業にも細心の注意を払った。幼い手で彫刻刀を持つと、細かい線が何度も歪んでしまい、そのたびにため息をつきながらやり直した。

「今度こそ……！」

そして何度も挑戦と失敗を繰り返し、ようやく満足のいく仕上がりになった。


数日後、さらに改良を加えたランプは、赤ちゃんが安全に遊べるように、丸みを帯びたウサギを模したデザインに仕上がった。

小さくて柔らかな光を放つランプは、赤ちゃんのそばで使えるように設計されている。間違って触って誤作動しないように、スイッチの配置なども工夫した。

早速僕は、完成した赤ちゃん用ランプを家族に披露することにした。

「これが僕の作った赤ちゃん用ランプだよ！」

スイッチを入れると、優しい光が広がり、部屋全体が温かな雰囲気に包まれた。

「これはすごいな。夜でも安心して使えるだろう」

アレクシス兄さんが感心したように頷き、リヒャルト兄さんはランプを手に取って細かく観察している。

「素材も軽くて扱いやすいな。この光なら赤ちゃんも安心できそうだ」

「本当？　ありがとう！」

母上は耳や尾がついたランプのデザインが気に入ったらしく、優しく微笑みながら言った。

「エルヴィン、本当に可愛《かわい》いわね。これなら赤ちゃんだけじゃなくて、私たちも癒されそう」

「そうかな？　よかった！」

みんなの笑顔に囲まれながら、僕の発明はまた新たな形を得て、家族との絆《きずな》を深めるものとなった。

◇

そして、赤ちゃん用ランプの試作が完成して数日、僕はさらなる改良と新しい魔道具の製作に取り掛かっていた。

生まれてくる弟か妹が安全で快適に過ごせるように、思いつく限りのアイデアを形にしようと意気込んでいた。

「次は動き回る赤ちゃんにも使える魔道具を作ろう！」

作業場の机には、光の柔らかさを調整するランプの試作や、赤ちゃんが触れても安心な素材のサンプルを並べていた。

魔道具製作には失敗がつきものだが、そのたびに新しい発見があり、作業が楽しくて仕方がなかった。

「よし、今度は泣き声に反応して音を出す仕組みを試してみよう！」

僕は魔道文字を彫るための彫刻刀を手に取り、小さな手で慎重に線を描いていく。

泣き声を感知する魔道文字を正しく刻むのは難しく、何度も失敗してはやり直しになった。

「くそっ、こんなに細かい作業だとは……でも、きっとできる！」

子供の手では力が入らないのでもどかしいが、彫り直しを繰り返すうちに、少しずつコツが掴めてきた。

試作品が動いた瞬間、小さな音楽が流れ出し、僕の顔に大きな笑みが広がった。

「やった！　うまくいった！」

優しい音楽を流す魔道具を手に取ったとき、僕はこれが家族に役立つものになると確信した。

午後になって、リヒャルト兄さんが作業場の様子を見に来た。

「エルヴィン、また何か新しいものを作っているのか？」

「うん！　赤ちゃんが泣いたら音楽を流す魔道具だよ！」

試作品を見た兄さんは感心したように頷いく。

「お前、本当にすごいな。赤ちゃんだけじゃなく、母上も喜ぶだろうな」

「そうかな？　じゃあもっと改良してみる！」

兄さんの言葉に励まされ、僕はさらに試作を重ねていく。

リヒャルト兄さんが作業場を去った後も、僕はさらに細かい調整を行った。

さらに改良を加えるべく、音楽のバリエーションを増やして、赤ちゃんの気分に合わせて曲を切り替えられる仕組みを考えた。

これなら赤ちゃんが飽きないし、遊ぶときやお昼寝するとき、あるいは泣いちゃったときなど、状況に合わせて音楽を流せる。

「この魔道文字をもう少し工夫すれば、もっと多くの曲を記憶させられるかもしれない！」

ぶっ続けで作業をしていたら、いつの間にか夕方になっていた。

しかしようやく改良版の完成が見えてきた。

夜にもう少し作業をすれば、明日にでもみんなに見てもらえるだろう。

さすがに疲れたので、気分転換に庭で休憩していると、アレクシス兄さんが木剣を持ってやってきた。

「エルヴィン、少し体を動かさないか？　作業ばかりじゃ体が鈍《なま》るぞ」

「うん！　ちょっとだけね！」

兄さんが持ってきた木剣を握り、簡単な型を一緒に練習した。

剣を振るう感触は新鮮で、普段は使わない筋肉を動かすのが心地よかった。

「ほら、もっと腰を入れて！」

兄さんが何度か素振《すぶ》りして、僕に手本を見せてくれる。

「こうかな？」

「惜しい！　でもいいぞ、その調子だ！」

笑いながら兄さんと剣を交え、心も体もリフレッシュできた気がした。

夜、家族での食事中に母上が僕に話しかけてきた。

「エルヴィン、今日はどんな魔道具を作ったのかしら？」

「赤ちゃんが泣いたときに音楽を流す魔道具だよ！　それがあれば、母上の負担も少しは減ると思って」

母上は嬉しそうに目を細めて微笑んだ。

「あなたの優しさが伝わる素敵な発明ね。これからも楽しみだわ」

父上も感心した様子で言葉を添える。

「エルヴィン、お前の発明がこうして家族に役立つことを嬉しく思う。これからもその情熱を大切にするんだぞ」

家族の温かい言葉に、僕はさらに意欲を燃やした。

◇

赤ちゃん用魔道具の改良を進める中で、僕は家族の支えの大きさを改めて実感していた。

母上の温かい言葉、父上の期待、そして兄さんたちの励ましがあってこそ、僕は自分の発明を楽しむことができる。

家族のために、もっと役立つものを作りたい。

その思いを抱きながら、僕は赤ちゃん用の新しい魔道具を一つずつ丁寧に設計していった。

今回は、快適な温度を保てるクッション型の魔道具に挑戦することにした。

これが成功すれば、生まれてくる赤ちゃんがより安心して過ごせる環境を作れるはずだ。

まず、魔力鉱の選定から取り掛かった。

最適な温度を維持するには、高純度で安定した魔力を持つ鉱石が必要だ。

僕は倉庫から取り出した魔力鉱の中から、最も均質で小型のものを選び出し、慎重に加工を始めた。

「この魔力鉱を中心に置いて、熱を均等に広げる仕組みを作れば……」

スケッチブックに描いた設計図を見ながら、彫刻刀で魔道文字を慎重に刻み込む。

細かい作業が続くと手が疲れてくるが、それでも集中力を切らさずに作業を進めた。

「よし、これで文字の彫り込みは完了！」

次に取り掛かったのは、熱を効率よく分散させるための回路設計だった。

魔力鉱から発生する熱を適切に制御するために、金属板の形状を工夫しながら、回路の配置を試行錯誤する。

「ここを少し曲げて……こう配置すれば、魔力の流れがスムーズになるはず！」

何度もやり直しを重ねていくうちに、ようやく理想的な形が見えてきた。

金属板を固定する際には、ロバートが手伝ってくれた。

「坊ちゃま、こちらの工具をお使いください。固定がより安定しますよ」

「ありがとう、ロバート！　これならきっちり仕上がるね！」

そして夕方になって、ついに試作品が完成した。

僕は試しにクッションを手に取り、魔道文字に魔力を流し込んだ。すると、クッション全体がほのかに温かくなって、心地よい感触が広がった。

「やった！　これは成功だ！」

僕はすぐに食堂に向かって、夕食のために集まっていた家族に試作品を披露した。

「母上、これが新しいクッションだよ！　赤ちゃんの体温に合わせて温度が変わるんだ！」

母上は驚きと嬉しさが混じった表情でクッションを手に取り、柔らかい光に包まれたそれを優しく撫でた。

「とても素敵ね、エルヴィン。この温かさなら、赤ちゃんもきっと安心して眠れるわ」

母上のリアクションを見て興味を引かれた兄さんたちも、集まってきた。

「へぇ、赤ちゃん用のクッションを作ったのか？」

アレクシス兄さんが感触を確かめるようにクッションに手を触れた。

「うん！　体温を感知して温度が調整されるんだ」

「これは便利だな。温かくて気持ちが良いし、赤ちゃんだけじゃなくて、大人が使っても良さそうだ」

「本当？　じゃあ、次はもっと改良してみようかな！」

兄さんたちの励ましを受け、僕のやる気はさらに高まった。

◇

母上のお腹の子供が生まれる時期が近づくにつれて、家の中には期待と少しの緊張感が漂い始めていた。

家族全員が赤ちゃんを迎える準備を整え、僕も赤ちゃん用の魔道具の仕上げに追われていた。

「これが最後の仕上げだ……！」

試作を繰り返し、僕はついに赤ちゃん用の揺れるベッドを完成させた。

このベッドは、赤ちゃんが泣き出すと優しく揺れ、心地よい音楽を流す仕組みになっている。

「これなら赤ちゃんもぐっすり眠れるよね！」

その日の午後、母上が椅子に腰掛けて刺繍《ししゅう》をしているところに、僕はベッドの試作品を持っていった。

「母上、揺れるベッドの試作品を作ったんだ！　音楽も流れるんだよ！」

僕が説明しながらスイッチを入れると、ベッドがゆっくりと揺れ始め、穏やかな音楽が流れた。

母上は目を細めながら頷いた。

「本当に素敵ね、エルヴィン。あなたの作ったものは、いつも優しさがこもっているわ」

「ありがとう、母上！　赤ちゃんもきっと喜んでくれるよね！」

母上の温かい言葉に励まされ、僕は胸を張った。

◇

数日後、ついにそのときがやってきた。夜中に使用人たちが慌ただしく動き始めたが、僕は何が起こったのか分からずに、部屋の外に飛び出した。

「ロバート、何かあったの？」

「坊ちゃま、奥様がご出産されるようです。大丈夫ですので、落ち着いてください」

ロバートの言葉に少しホッとしながらも、胸の中は期待と不安でいっぱいだった。

その夜は眠れず、作業場で赤ちゃん用のランプを磨きながら時間を過ごした。静かな光が部屋を包み、僕の気持ちを少しだけ落ち着かせてくれた。


翌朝、待望の知らせが届いた。

父上が笑顔で部屋に入ってきて言った。

「エルヴィン、元気な女の子が生まれたぞ」

「本当⁉　やった！　僕、お兄さんになったんだね！」

僕は父上の肩に飛びついて喜びを表し、そのまま急いで母上のところへ向かった。

部屋に入ると、母上が穏やかな表情で小さな赤ちゃんを抱いていた。

母上は僕ににっこり笑うと、赤ちゃんの顔が見えるように角度を変えてくれる。

「エルヴィン、見て。この子があなたの妹よ。名前はリリィって決めたの」

母上の腕の中で眠るリリィはとても小さくて、柔らかな髪が光を受けて輝いていた。その姿に、僕の胸はじんわりと温かくなった。

「こんにちは、リリィ。これからたくさんの発明をするから、一緒に頑張ろうね！」

思わずそう話しかけると、母上が微笑んで僕を撫でてくれた。


その夜、家族全員が集まり、新しい家族を迎える喜びを分かち合った。

兄さんたちも交替でリリィを抱きながら微笑んでいる。

「エルヴィン、リリィが大きくなるまでに、どれだけの発明品が生まれるか楽しみだな」

リヒャルト兄さんにそう声をかけられ、僕は力一杯返事をする。

「うん！　リリィが困らないように、いっぱい考えるよ！」

僕の心には新しい家族を守りたいという強い思いが溢《あふ》れていた。やがてそれが次に作る魔道具のアイデアへと変わっていく。

「これからもみんなの役に立つものを作るよ。僕の発明で、家族の毎日がもっと明るくなりますように……」

リリィの寝顔を見ながら、僕は静かに口に出してそう誓《ちか》った。

新しい命が家族に与える喜びと、それを支える決意を胸に、僕の挑戦はまた新たな段階へと進んでいくのだった。

◇

リリィが生まれてから数ヵ月経った。

家の中は一段と明るくなり、毎日が新しい発見で満ちていた。リリィの泣き声や笑い声が響くたびに、家族全員が自然と顔をほころばせる。

僕もリリィの兄として何かできることはないかと考え、魔道具作りに一層励む日々を過ごしていた。

今は、リリィの成長に合わせて使えるおもちゃを作っているところだ。

作業場の机には、カラフルな魔力鉱や柔らかな素材が並べられている。

赤ちゃんでも安全に遊べるように、角のない丸いデザインにして、触れると優しい光が出る仕組みを取り入れることにした。

すでにいくつか試作品もできている。

そんなある日の午後、リヒャルト兄さんがリリィを抱いて作業場を訪れた。

「エルヴィン、この前作っていたおもちゃを、早速リリィに試させてみたらどうだ？」

兄さんの意外な提案に、僕は驚きの声を漏らす。

「えっ、リリィはもう遊べるの？」

「赤ちゃんはなんでも触って遊ぶからな。こういう柔らかいおもちゃなら問題ないだろう」

兄さんがリリィを抱えたままそっと椅子に座ると、僕はできたばかりの試作品を手渡した。

リリィは目をキラキラさせながら懸命に小さな手を伸ばし、おもちゃに触ろうとする。

彼女の手が触れるとおもちゃが柔らかな光を放った。

「わあ、ちゃんと光ってる！　リリィも楽しそうだ！」

リリィは「きゃっ、きゃっ！」と楽しそうに声を上げ、おもちゃを掴もうと小さな手をバタバタさせている。

その姿を見て、僕も兄さんも思わず顔をほころばせていた。

「エルヴィン、これならきっとリリィだけじゃなく、他の赤ちゃんも喜ぶだろうな」

「うん！　改良して、もっといろんな機能を付けてみるよ！」

それに、赤ちゃん用のおもちゃだけでなく、家族みんなが使える便利な魔道具も作りたい。

たとえば、リリィが大きくなったときに遊べる安全な飛ぶおもちゃとか、家族全員で楽しめる魔道具を使ったボードゲームなんてどうだろう。

リヒャルト兄さんとリリィが部屋を出た後も、僕はスケッチブックにアイデアを書きながら、夢中になって作業を進めた。

翌朝、完成したおもちゃの改良版を家族に披露した。カラフルな光を放つだけでなく、触れるたびに音楽が流れる仕組みを追加した。

「これが改良したおもちゃだよ！　音も出るようにしたんだ！」

リリィは楽しそうに「きゅう！」と声を上げながら、おもちゃから流れる音楽に合わせて小さく手足を動かす。

その可愛らしい仕草に、家族全員が笑顔になった。

「リリィ、お前は本当にみんなを癒す天使だな」

アレクシス兄さんは冗談交じりにそう言って、僕たちは思わず笑ってしまった。

アレクシス兄さんもおもちゃが気に入ったようで、僕の肩を軽く叩いた。

「エルヴィン、これは本当に素晴らしいな」

「ありがとう！　リリィが喜んでくれるなら、もっといろいろ作りたい！」

家族からの励ましを胸に、僕はさらに新しい挑戦に向けて意欲を燃やした。

◇

リリィが歩き始めたのは、暖かい春の日だった。

庭で遊んでいた僕とリヒャルト兄さんのところに、母上がリリィを抱いて現れた。

「エルヴィン、リリィが一人で歩きたがっているのよ」

「本当？　リリィ、歩けるようになったの？」

僕が目を輝かせて尋ねると、リリィは「ぱっ！」と元気よく手を伸ばした。

母上がそっとリリィを地面に降ろすと、彼女はふらふらしながらも小さな足で一歩、また一歩と進み始めた。

「わあ！　リリィ、すごいよ！　上手だね！」

「きゃっ、きゃっ！」

リリィは嬉しそうに笑いながら、たどたどしい足取りで僕の方に向かってくる。

僕が彼女を受け止めるように腕を広げると、彼女はそのまま僕に抱きついた。

「よく頑張ったね、リリィ！」

母上とリヒャルト兄さんも、その光景を見て微笑んでいた。

「リリィが一歩一歩進む姿を見ていると、エルヴィン、お前の成長を思い出すな」

兄さんがそう言って笑うが、僕は自分の子供の頃のことがわからない。

「僕もこんな風だったのかな……？」

「そうよ。あなたも最初は小さな一歩を踏み出して、そこからどんどん成長していったの」

母上の言葉に胸が温かくなった。

リリィが歩けるようになったことで、僕の魔道具作りにも新しい目標が生まれた。

歩き回るリリィが安全に遊べるような道具を作りたい。

たとえば、リリィが転んでも痛くないような、クッション付きの遊具なんかどうだろう。

そう考えた僕は、早速製作に取り掛かった。

作業場でスケッチを描きながら、ふわふわした魔力のクッションを備えた小型の遊具を設計する。

この遊具は丸いドーム型で、リリィが中に入ると魔力のクッションが衝撃を吸収する仕組みになっている。さらに、外側にはリリィの動きに反応して優しい光が灯る魔道文字を刻み、安全性と楽しさを両立させた。

「これならリリィも安心して遊べるし、楽しいはず！」

遊具を完成させるまでには多くの試行錯誤があった。

クッション性を備える仕組みを作るため、まず柔らかな布地に魔道文字を刻み、衝撃を吸収する魔力の流れを設計した。次に、リリィの動きに反応して優しい光が灯るように、感知型の魔道文字を彫り込んだ。

「この位置に魔力鉱を置けば、光が動きに合わせて変化するはず……」

ピンセットで慎重に魔力鉱を固定し、魔道文字を細かく調整していく。数日かけて何度も試作を繰り返し、ようやく理想的な仕組みが完成した。

クッションの遊具を庭に持ち込むと、リリィが興味津々の様子で近づいてきた。遊具に手を伸ばして触れると、彼女はふんわりとした感触に嬉しそうに声を上げた。

「きゅう！」

リリィが中に入ると、遊具は彼女の動きに合わせて優しく揺れ始めた。母上も兄さんたちもその様子を見て微笑んでいた。

「エルヴィン、これは素晴らしいな。安全性も高いし、楽しそうだ」

アレクシス兄さんが感心したように言うと、リリィが「ぱ！」と笑いながら手を振った。

「リリィが気に入ってくれてよかった！」

僕は心からそう思った。


その夜、作業場で次の魔道具のスケッチを描いていると、リリィがマリアに手を引かれながらやってきた。

「ぱ！」

手を伸ばすリリィを、マリアがそっと支えた。

リリィが机の上に置いていた小さな試作品に触れると、優しい光が灯る。それに驚いたのか、リリィは「きゃっ！」と声を上げて笑い、再びそのおもちゃに触れて遊び始めた。

「リリィ、もう遊び方を覚えたの？」

僕が声をかけると、マリアが微笑みながら答えた。

「リリィ様はエルヴィン様の作った魔道具が大好きみたいですね。こんなに楽しそうに遊ぶ姿を見ると、こちらまで幸せな気持ちになります」

リリィは振り返りながら「えう！」と嬉しそうに声を上げる。その無邪気な姿に僕も思わず笑顔になった。

「リリィ、君の笑顔を見ると、もっといろんなものを作りたくなるよ」

リリィが魔道具に触れて光らせる姿を見ていると、次のアイデアが頭に浮かんだ。

「この反応する仕組みを使って、新しい遊び道具を作ってみようかな……」

マリアがそっとリリィを抱き上げながら言った。

「エルヴィン様の発明は、リリィ様だけでなくみんなを笑顔にしてくれるのですね。どうぞ、もっと素敵な魔道具をお作りください」

その言葉に背中を押され、リリィとマリアの笑顔を胸に、僕は新たな挑戦に向けてペンを走らせた。

◇

時が経ち、リリィはさらに成長していった。

彼女が小さな手足で家の中を元気に駆け回ると、明るい笑い声がいつも家中に響く。妹が楽しそうに遊ぶ姿を見ているだけで、僕の心はいつも温かくなった。

そんなある日、作業場で新しい遊び道具を作っていると、マリアに手を引かれたリリィが姿を見せた。

「リリィ様がエルヴィン様のところへ行きたがったので、お連れしました」

「ありがとう、マリア！　リリィ、今日はどうしたの？」

リリィは僕の顔をじっと見つめて小さな口を動かそうとしていた。彼女の表情は真剣そのもので、僕は何を言おうとしているのか期待を込めて見守った。

「に、にい、ちゃん！」

その言葉がはっきりと聞こえた瞬間、僕の胸に感動が押し寄せた。

「リリィ……！　今、僕のことを呼んでくれたの？」

「にいちゃん！」

リリィは嬉しそうに声を上げながら、小さな手を僕に伸ばしてきた。僕は彼女を抱き上げ、目の高さに合わせながら言った。

「すごいよ、リリィ！　お兄ちゃんって言えたね！」

「にいちゃん！」

彼女は何度も繰り返しながら笑顔を見せ、僕の頬を軽く触った。その愛らしい姿に、マリアも目を細めて微笑んだ。

「リリィ様、本当にエルヴィン様が大好きなのですね」

「そうみたいだね！　僕もリリィが大好きだよ！」


その日の夕方、家族全員がリビングに集まり、リリィの初めての言葉について話していた。リヒャルト兄さんが驚いたように声を上げた。

「お兄ちゃんって言ったのか！　リリィももうすぐ話せるようになるんだな」

アレクシス兄さんも頷きながら笑みを浮かべる。

「エルヴィン、お前が一番喜んでいるだろうな」

「もちろんだよ！　リリィが僕を呼んでくれたなんて、すごく嬉しい！」

すると、リヒャルト兄さんがリリィに近づき、笑顔で言った。

「リリィ、次は僕を呼んでみないか？　『リヒャルト兄ちゃん』って」

リリィはきょとんとした顔でリヒャルト兄さんを見つめ、軽く首をかしげた。

「にい、ちゃん？」

その様子を見て、アレクシス兄さんも声を上げた。

「おい、リリィ！　『アレクシス兄ちゃん』の方が言いやすいだろう？　ほら、一緒に言ってみよう！」

リリィはアレクシス兄さんの真似をするように「にい……」と小さな声で呟いたが、それから

「きゃっ！」と笑いながら逃げ出してしまった。

「おいおい、リリィ、待て！　ちゃんと呼んでくれよ！」

「僕もだ！　リリィ、次は『リヒャルト兄ちゃん』だぞ！」

二人の兄さんたちがリリィを追いかける光景を見て、母上がくすくす笑う。

「みんな、リリィに振り回されているわね。でも、それだけ可愛い証拠よ」

母上も兄上たちの輪に加わり、リリィを優しく抱きながら言った。

「リリィの成長をこうして一緒に見守れるのは、本当に幸せなことね」

母上の言葉に頷きながら、僕はリリィのためにもっと便利で楽しい魔道具を作りたいという思いを強くした。

「リリィが初めて言葉を覚えた日を記念する特別な魔道具を作りたいな。たとえば……リリィが遊びながら言葉を覚えられるような道具とか……」

僕が今思いついたこの計画を口に出すと、みんなは興味深そうに耳を傾けた。

「まあ、それはすばらしいわ！」

母上はすぐに賛成してくれた。アレクシス兄さんも同意を示す。

「エルヴィン、それが完成したらリリィだけでなく、他の子供たちにも役立ちそうだな」

みんなの言葉が嬉しくて、僕は大きく頷いた。

「うん！　これでリリィがどんどん新しい言葉を覚えてくれたらいいな！」

さっそく作業場に戻った僕は、スケッチブックを開き、音声に反応して言葉を教える魔道具のアイデアを書き始めた。

魔道文字の組み合わせや、リリィの声に合わせて光や音が変化する仕組みを考える。

彼女の笑顔を思い浮かべながら作業を進めると、僕のスケッチはどんどん具体的な形になっていった。

こうして、僕の挑戦は新しい方向へ進み始めた。家族の支えとリリィの笑顔を力に、僕は次なる魔道具作りに意欲を燃やしていた。

# 初めての社交界と王都への再訪

僕が十歳の誕生日を迎えた春、王都で『春の社交お披露目会』が開催されることになった。

この会は貴族の子息・子女を集めて社交界に紹介する場であり、未来の友人や盟友、そして婚約者を見つける機会ともされている。

父上からその話を聞いたとき、正直なところ、僕は戸惑《とまど》った。

「僕が王都でお披露目会に参加するの？」

「そうだ、エルヴィン。この場でお前の名前と能力を示すことは、家にとっても重要な意味を持つ。そしてお前自身の未来にも繋がるはずだ」

父上の言葉に納得しつつも、初めて社交界に足を踏み入れることに緊張を覚えた。


王都には、お披露目会の数日前に着く日程で出発した。

馬車に揺られながら、僕は窓の外に広がる景色を眺めていた。

久しぶりに見る王都への道のりは、前回訪れたときよりも新鮮で興味深かった。

「坊ちゃま、王都に着いたらどんなことをしたいですか？」

同行するロバートが、僕に優しく声をかけた。

「そうだね……市場を見てみたいし、職人街にも行ってみたい。でも、今回はお披露目会があるから、そういう時間はあまりないかもね」

「お披露目会の準備もございますからね。それでも、王都の雰囲気を楽しめるといいですね」

ロバートの言葉に頷きながら、僕はこれから始まる新しい体験に胸を高鳴らせた。


王都に到着すると、街の賑わいに再び心が躍った。

やはり国の中心だけあって、シュトラウス家の領地とはスケールが違う。

大通りを進む馬車の窓から見える商人たちの活気や、色とりどりの品物が並ぶ市場に、思わず目を奪われた。

「エルヴィン、せっかく王都に来たのだから、お披露目会の前に、少しくらい街を散策してもいいぞ」

父上がそう言ってくれたので、ロバートと共に短い時間ながらも市場を歩くことができた。

職人街では、以前訪れた鍛冶職人の工房を思い出して立ち寄ってみた。

新たな素材や技術を目にして、興味を引かれる。

「坊ちゃま、この素材などいかがですか？」

ロバートが示したのは、新しい金属と宝石の組み合わせだ。

触れてみると、冷たく心地よい感触が指先に伝わってきた。

「面白そうだね。これを使って何か作れたら、きっと素敵だろうな」

短い散策の中でも、多くのインスピレーションを得ることができた。


そしてお披露目会当日。

僕は朝から緊張していた。普段は動きやすい服を好む僕が、窮屈《きゅうくつ》な礼服を着て、髪型まで整えられるのは、少し恥ずかしかった。

「坊ちゃま、非常にお似合いですよ」

ロバートの言葉に少しだけ安心し、父上と共に会場へ向かった。

お披露目会の会場は、王都でも屈指の豪華《ごうか》な貴族邸だった。

天井には煌びやかなシャンデリアが輝き、室内は絢爛《けんらん》たる装飾で彩られている。

「エルヴィン、落ち着いて行動すればいい。お前の実力を示せば、それだけで十分だ」

父上の言葉を胸に、僕は深呼吸をして会場に足を踏み入れた。

会場内はすでに多くの貴族たちで賑わっていた。

周囲の視線が集まる中、僕は正式に貴族の社交界にデビューしたのだった。

会場に入って少し時間が経った頃、後ろから誰かに声をかけられた。

「お前がシュトラウス家のエルヴィンか？」

振り返ると、ライトブラウンの短髪をきれいに揃え、鍛《きた》え上《あ》げられた体つきをした少年が立っていた。年齢の割に精悍《せいかん》な顔立ちと鋭い眼差しには、自信と実力を感じさせる風格があった。礼服はあまり着慣れていない様子だが、それでも堂々とした雰囲気を纏《まと》っている。

「はい、僕がエルヴィン・シュトラウスです。あなたは？」

「俺はレオン・フォン・グレイバー。周りからは『若き剣士《わかきけんし》』なんて呼ばれてもてはやされているけど、あんまり気にしないでくれ。剣の稽古《けいこ》ばっかりしてる、ただの修業中の剣士だ。で、お前、魔道具の坊ちゃんなんだろ？　どんなもんを作ってんだ？」

そのぶっきらぼうな口調に少し驚きつつも、僕は答えた。

「日常で便利に使える魔道具を作っています。たとえばランプとか、赤ちゃん用の安全な遊具とかですね」

「ふーん。まあ、実際に見ないと、なんとも言えねぇけどな」

レオンが僕に好奇心を込めた視線を向けていると、その横から落ち着いた上品な声が聞こえてきた。

「レオン様、初対面の方にはもう少し礼儀をもって話しかけるべきではなくて？」

見ると、落ち着いたダークブラウンの髪をポニーテールにして、鮮やかな水色のドレスを纏った少女が立っていた。

整った顔立ちと穏やかな微笑みからは知性と品格が溢れ、見る者を自然と引きつける魅力を持っていた。手には小さな扇子《せんす》を持っており、動作一つ一つに優雅さがにじみ出ていた。

「初めまして、エルヴィン様。私、カトリーヌ・フォン・リンドベルグと申します。父や周囲の方々から、あなたの魔道具がとても実用的で素晴らしいと伺《うかが》っておりますわ」

「は、はじめまして、カトリーヌ様。よろしくお願いします」

「こちらこそ、よろしくお願いいたしますわ。日常生活を豊かにする魔道具……まるで夢のようですわ。私もいつか、エルヴィン様の魔道具を使わせていただきたいと思います」

そこでレオンが再び口を開いた。

「悪いな、エルヴィン。カトリーヌはちょっと口うるさいけど、いいやつなんだ。緊張しなくていいぞ。で、実際どうなんだ？　お前の魔道具、そんなにすごいのか？」

「レオン様、そんな風に疑うようなことを言っては、エルヴィン様に失礼ではありませんか？」

カトリーヌが窘《たしな》めるが、僕は気にしていないと笑う。

「大丈夫ですよ、カトリーヌ様。レオン様、僕の魔道具は実用的なものが多いですけど、評価は使う人次第だと思います」

それを聞いてレオンはニヤリと笑い、腕を組んだ。

「面白いな。よし、いつかお前の魔道具の出来栄え、俺も試してみるぜ」

「それなら、僕が作ったランタンを使ってみてください。暗い場所での訓練に役立つと思いますので」

カトリーヌも興味津々の様子で話に加わった。

「エルヴィン様、その魔道具、ぜひ私にも拝見させていただけませんか？」

「もちろんです！」

こうして僕は、レオンとカトリーヌという個性豊かな二人と出会った。

レオンの自信に満ちた態度や率直さ、カトリーヌの知的で品のある振る舞いには引き込まれるものがあり、僕たちはすぐに意気投合した。

彼らと話すうちに、僕の中に新しい感情が芽生えていった。

それは、社交界という大きな舞台で、互いに切磋琢磨《せっさたくま》しながら成長できる仲間と出会えたことへの喜びだった。

◇

王都でのお披露目会を終えた僕は、領地に戻っていた。

緊張の連続だった日々から一転して、落ち着いた生活が戻ってきた。

朝早く、窓から差し込む柔らかな陽光に包まれながら、僕は久しぶりの家族全員での朝食に胸を弾ませていた。

「お披露目会はどうだった？」

アレクシス兄さんが微笑みながら僕に尋ねた。

「楽しかったよ！　新しい友達もできたし、学ぶことがたくさんあった」

「そうか、それなら良かったな。これからも、その出会いを大事にしろよ」

「うん！」

そんな会話に割り込むように、リリィが小さな声で「にいちゃん！」と呼びながらスプーンを握っていた。

その仕草に思わず微笑みがこぼれる。

「リリィ、おいしい？」

「おいち！」

リリィがそう答えると、家族全員が自然と笑いに包まれた。


午後は庭でリリィと一緒に遊ぶ時間を取ることにした。

彼女が転んでも痛くないように、柔らかい魔道具クッションを敷き詰めた広場で、彼女とおもちゃのボールを使って遊ぶ。

「リリィ、そっちに投げて！」

「えいっ！」

リリィは精一杯の力でボールを投げ返してきた。

勢いが弱かったためにボールは途中で止まってしまったが、それでも彼女は「きゃっ！」と笑っていた。

「すごいね、リリィ！　次はもっと遠くに投げてみよう！」

彼女は一生懸命腕を振り上げ、何度も挑戦した。

しばらくして、母上とリリィ、そして兄さんたちと一緒に、庭でお茶を楽しむことになった。母上が用意したケーキやお菓子をみんなで囲む。

春の穏やかな風が、家族の笑顔を引き立てていた。

「リリィ、お菓子はおいしい？」

「おいち！」

リリィの無邪気な返事に、家族全員が思わず微笑んだ。

アレクシス兄さんがケーキを一口食べながら言った。

「エルヴィン、次の魔道具はリリィ専用がいいよな。ほら、家族をこんなに笑顔にしてくれるんだから、もっと作らないとな」

「そうだね！　リリィがもっと楽しく遊べるものを考えてみるよ！」

僕が応えると、リヒャルト兄さんも冗談っぽく言った。

「それなら、僕たちのためにも作ってくれ。たとえば、仕事中に癒される魔道具とかさ」

「兄さん、それは自分で考えたらどう？」

僕が笑いながら返すと、リヒャルト兄さんは肩をすくめて笑った。

「まあ、確かに。けど、エルヴィンが作ったほうが面白いのができるだろ？」

「仕方がないなあ……じゃあ、みんなが楽しめるやつを考えてみるよ」

リリィはそのやり取りを楽しそうに見ていて、「にいちゃん！」と再び僕を呼んだ。その愛らしい声に、家族全員がまた笑顔になった。

兄さんたちの軽口とリリィの無邪気な声に包まれる中で、僕は次の魔道具の構想を膨らませるのだった。


その夜、星が輝く庭で、僕は一人で次の魔道具のスケッチを描いていた。王都での出会いと経験を活かして、もっと便利で役立つものを作りたい。

「リリィがもっと遊びやすくなる魔道具とか、兄さんたちの喜ぶ魔道具が作れたらいいな」

頭の中に浮かぶアイデアを次々と書き込んでいく。

そこへ、寝間着姿《ねまきすがた》のリリィがマリアに手を引かれて現れた。

「にいちゃん、なにしてるの？」

「次の魔道具のアイデアを考えてるんだよ。リリィが楽しく遊べるものも作りたいんだ」

「つくるの？」

「うん、リリィが笑顔になる魔道具をね」

彼女が「にいちゃん、がんばれ！」と可愛らしく応援してくれると、僕の胸に大きな喜びとやる気が広がった。

こうして穏やかな日々が続き、僕はリリィや兄さんたちに囲まれて、笑いに満ちた生活を送っていた。

## いざカレドリア学院へ

社交界デビューから二年が過ぎ、僕が十二歳になったある朝。父上から進学についての話を切り出された。

「エルヴィン、王都のカレドリア学院の試験を受ける準備を始めるぞ」

その言葉に、僕は思わずスプーンを落としそうになった。

カレドリア学院は、王都で最も格式が高く、王族や高位貴族の子息たちが多く通う名門の教育機関だ。

一方で、誰にでも門戸が開かれた場所でもあって、試験を突破すれば、身分に関係なく平民でも学ぶことが許されている。

ここでは、貴族として必要な教養や礼儀作法、魔法理論、武術や戦術に加え、最先端の魔道工学など、多岐《たき》にわたる分野の知識を学ぶことができる。

「カレドリア学院の試験を……僕が？」

「そうだ。お前にはその資格があるし、発明の才能をさらに磨くにはあそこが最適だ」

父上の言葉に僕は頷いた。

「分かったよ。僕、頑張る！」

学院の試験では筆記試験だけでなく、魔力の扱いなどの実技、さらには貴族社会で必要になる教養や礼儀作法が問われるという。特に実技試験は、自分の特技を活かした実演が求められる。

僕の場合は、やはり魔道具の発表がいいだろう。

父上との話を聞いていたリヒャルト兄さんが、会話に加わる。

「エルヴィン、試験でどんな魔道具を見せるつもりなんだ？」

「うーん、やっぱり僕らしさを出せるものにしたいな。実用的で、みんなが驚くようなものがいいと思う」

「それなら、家族みんなを笑顔にした魔道具をもとにして作ればいいんじゃないか？」

「それはいいね！　リリィも喜んでくれたものを改良してみるよ！」

試験の準備は想像以上に大変だったが、僕は家族の思いも背負って勉強に打ち込んだのだった。

◇

旅立ちの日。家族全員が庭に出て、馬車の出発を見送ってくれた。

リリィは僕の服の袖《そで》を掴み、涙ぐみながら小さな声で訴える。

「にいちゃん、行かないで……」

「リリィ、大丈夫だよ。すぐに帰ってくるから、待っててね」

「ほんと？」

「本当だよ。僕、リリィのためにも頑張るから！」

「うん！」

リリィの機嫌が直ったところで、アレクシス兄さんとリヒャルト兄さんが僕の肩を叩いて激励した。

「エルヴィン、行ってこい。試験頑張ってこいよ！」

「帰ってきたら、エルヴィンの好きなもの用意しとくからな」

馬車がゆっくりと動き出し、家族の姿が遠ざかっていく。僕は胸の中に湧き上がる期待と不安を抱えながら、王都への道を進んでいった。

◇

十日の旅を経て、カレドリア学院に到着した。

馬車を降りると、そこには荘厳《そうごん》な石造りの校舎と広大な敷地が広がっていた。

威厳ある門をくぐると、試験会場になっている建物に案内される。

「エルヴィン・シュトラウス様ですね。こちらへどうぞ」

職員に導かれ、僕は他の受験者たちが集まる広間に入る。そこで見覚えのある二人の顔が目に留った。

「エルヴィン、遅かったな！」

ライトブラウンの短髪を揺らしてこちらに向かってくるのは、レオン・フォン・グレイバー。以前お披露目会で出会った、ぶっきらぼうだが頼りがいのありそうな少年だ。

「カトリーヌもいるよ」

そう言ってレオンが視線を向けた先には、ダークブラウンの髪をポニーテールにしたカトリーヌ・フォン・リンドベルグが立っていた。

「エルヴィン様、お久しぶりですわ。こうしてまたお会いできるなんて、嬉しいです」

「僕もだよ！　レオンくん、カトリーヌさん、二人も試験を受けるんだね」

「当たり前だろ？　お前に後《おく》れを取るわけにはいかねぇからな」

ニヤリと笑うレオンを、カトリーヌが窘める。

「レオン様、もう少し品のある言い方を心がけては？」

二人とは年齢の近さもあってか、自然と砕けた口調で話せる。

試験開始まではしばらく時間があったので、僕はレオンと魔道具が戦場や訓練でどんな風に役立つかという話で盛り上がった。

「もっと実戦向けの魔道具があれば、戦いは楽になるだろうな」

剣の修業をしているレオンの率直な意見は、僕には新鮮だった。

「確かに、そういう魔道具を作れたら、戦闘の役立つかもしれないね。でも僕は、魔道具は人々を助けるためのものであるべきだと思ってるんだ。だから、誰かを傷つけるための道具は作りたくないんだよ」

「ああ。そいつは良い考えだな。だが、実戦向けと言っても、人を守るための道具という考え方もあるだろ？　そういうものなら、なおさら価値があるからな。俺が試してやるから、戦場や訓練で使えるような道具をどんどん工夫してみろよ」

その一言がきっかけで僕は魔道具の新たな可能性を気づかされた。

フランクなレオンと違って、カトリーヌは礼儀正しくて話しやすい性格だ。

彼女は僕の魔道具の実用性について興味津々だった。

「エルヴィン様の発明は日常生活を豊かにするだけでなく、人々の暮らしを変える可能性を秘めていると思いますわ」

「ありがとう、カトリーヌさん。もっといろんな人に使ってもらえるように頑張るよ！」

いろいろ話せたおかげで、二人とはますます仲が深まったし、少しの間試験前の緊張を忘れてリラックスすることができた。

そして、いよいよ試験開始の時刻になった。僕は気合いを入れ直して会場の講堂の扉をくぐる。

「さあ、これからだ」

筆記試験では魔法理論や歴史、貴族としての教養、さらには魔道工学に関する問題が出題された。

「この問題は、魔道文字の効率的な組み合わせについてか……」

問題文を読みながら、僕は冷静に解答していった。魔道具を作る中で学んだ知識が活きる場面が多く、自信を持って解ける問題が多かった。ここまでは順調だ。

試験の静けさの中、ペンを走らせる音だけが響いている。その空気感に僕も引き込まれ、集中して問題に取り組んだ。

ちらりと前を見ると、カトリーヌが黙々と答案を埋めている姿が視界に入った。その真剣な様子が僕にさらに勇気を与えてくれた。

次に行われたのは実技試験だ。この試験では、自分の得意分野を活かして何かを披露する必要がある。

僕は複数の試験官の前に立ち、自信を持って言った。

「これから、僕が作った実用的な魔道具をご紹介します」

取り出したのは、小型で持ち運びが便利なランタンだ。ただのランタンではない。光の強さや色を調整できるほか、非常時には音を発して助けを呼ぶ仕組みも備えている。

「このランタンは、日常生活だけでなく、訓練や冒険の場でも役立ちます。魔道文字を工夫して、少ない魔力で長時間使えるようにしました」

試験官たちは興味深そうにランタンを手に取り、機能を確認する。

「非常に実用的でかなりの工夫が凝《こ》らされていますね。これが十二歳の発明だとは驚きです」

その言葉で少し緊張が解け、僕は胸を張った。

最後に待ち受けていたのは面接試験だ。学院の講師や職員が並ぶ中で、自分の考えを語る場だった。

「エルヴィン・シュトラウス君、君にとって魔道具とはなんですか？」

面接官の質問に、僕は少し間を置いて答えた。

「僕にとって魔道具は、人々を助け、生活をより良くするためのものです。作り手として、技術の使われ方にも責任を持つべきだと思っています。だからこそ、誰かを傷つけるための道具は決して作りません」

面接官たちは静かに頷きながらメモを取る。

「その考えを持ちながら、当学院で何を学びたいと思っていますか？」

「より多くの知識と技術を学び、人々の役に立つ魔道具を作れるようになりたいです。そして、僕の発明で誰かの生活が少しでも楽になるなら、それ以上の喜びはありません」

僕は試験官の目をしっかり見て、嘘偽《うそいつわ》りのない思いを言葉にし続けた。

全ての試験を終えたとき、ようやく肩の力が抜けた気がした。

筆記、実技、面接、それぞれ全力を尽くしたとはいえ、全く不安がないわけではない。それでも、やれるだけのことはやったという充実感があった。

校舎を出た僕は、広い空を見上げながら大きく息を吸い込む。

「やり切った……」

遠くで手を振るレオンとカトリーヌの姿が見えた。彼らも試験を終えたのだろう。

「エルヴィン！　どうだった？」

レオンのぶっきらぼうな声に、僕は笑いながら答える。

「うん、全力を出せたよ！」

カトリーヌも微笑みながら近づいてきた。

「エルヴィン様ならきっと良い結果が出ますわ」

試験の結果が発表されるのはしばらく先だということなので、少し名残惜《なごりお》しい気持ちを抱えながらも、それぞれ領地に戻ることになった。

別《わか》れ際《ぎわ》、僕らは「次は学院で会おう」と、笑い合いながら再会を約束した。

◇

試験を終えて領地に戻ると、家族全員が温かく迎えてくれた。

リリィは僕の姿を見るなり走り寄ってきて、小さな腕を広げて抱きついた。

「にいちゃん、おかえり！」

「ただいま、リリィ」

彼女の純粋な笑顔を見て、僕の胸の中の緊張が少しずつ解けていく。

「エルヴィン、試験はどうだった？」

母上が穏やかな声で尋ねた。

「うん、全力を出せたよ。でも、結果が届くまで分からないから、ドキドキするよ」

「そうね。あなたならきっと良い結果が待っているわ」

アレクシス兄さんが興味津々で僕に質問を浴びせてくる。

「どんな試験だったんだ？　面白いことはあったか？」

「レオンくんやカトリーヌさんと会って、一緒に頑張れたよ。それに、自分の魔道具を披露できたのも良い経験になったよ」

「そうか。それなら結果が楽しみだな」

兄さんたちの励ましに、僕の緊張が少しずつ和らいでいった。

◇

数日後、待ちに待った結果が届いた。

ロバートから封筒を受け取り、僕は深呼吸をして封を切った。

「どうだ？」

兄さんたちが待ちきれないとばかりに覗き込む中、僕は封筒の中から取り出した合格通知を見て叫《さけ》んだ。

「受かった……僕、受かったよ！」

その瞬間、家族全員が一斉に歓声を上げた。

リリィは飛び跳ねて「すごい、にいちゃん！」と喜びを表し、母上は目に涙を浮かべながら僕を抱きしめる。

「おめでとう、エルヴィン。あなたならできると思っていたわ」

父上も満足げに頷きながら言った。

「よくやったぞ、エルヴィン。この合格は、お前がシュトラウス家の名を背負って、さらに大きく成長していくための第一歩だ」

その言葉に僕は力強く頷く。

「はい、父上！　これからもっと頑張ります！」

その夜、家族は僕の合格を祝うために盛大な晩餐会を開いてくれた。広い食卓には豪華な料理が並び、兄さんたちは楽しそうに酒を酌み交わしている。

「エルヴィンなら、学院でトップの成績も夢じゃないな」

「頼むから、変な失敗で有名にはなるなよ!?」

アレクシス兄さんの真面目《まじめ》な激励に続いて、リヒャルト兄さんがおどけた様子で僕を小突く。

「それは兄さんたちのほうが心配じゃない？」

そんな冗談を交わしながら、笑いの絶えない時間を過ごす。

そんな中、僕の隣に座っているリリィはどこか不安そうだ。

「にいちゃん、どこかに行っちゃうの？」

リリィは小さな声でそう言った。どうやら、僕が学院に行ってしばらく会えなくなるのが不安らしい。

「学院に行くけど、休みになったらまた帰ってくるよ。リリィが待っていてくれるなら、すぐに帰りたくなるかもね」

「うん、待ってる！」

リリィの笑顔が戻って、僕も自然と微笑んだ。

「僕の挑戦は、まだまだこれからだ」

家族の期待を背負いながら、カレドリア学院で自分を試す日々が始まろうとしている。

僕はこれから始まる新しい生活に胸を膨らませた。

◇

カレドリア学院の合格が決まったあと、僕は入学の準備のために忙しい日々を過ごした。

ロバートや母上の助けを借りながら、学院で必要になる書物や道具、衣服などを揃えていく。

ロバートが必要なものをリストアップしてくれたおかげで、僕は安心して出発の日を迎えることができた。

あとは必要に応じて学院内で調達すればいい。

――そして今日。いよいよ学院への旅立ちの日を迎えた。

家族全員が門の前に出て僕の馬車を見送ってくれる。リリィは再び僕の服の袖を掴み、小さな声で言った。

「にいちゃん、本当に行っちゃうの？」

「うん。でも、きっとすぐに帰ってくるから、良い子で待っていてね」

「うん、待ってる！　リリィ、いい子にしてる！」

涙をにじませながらも懸命に笑顔を見せるリリィに、僕は優しく微笑んだ。

「よし、それならお兄ちゃんも頑張るよ」

アレクシス兄さんとリヒャルト兄さんは、僕の肩を叩きながら笑いを交えて送り出してくれた。

「エルヴィン、王都でちゃんとやれよ。学院ではきっと忙しいだろうが、俺たちに負けないように頑張れ」

「あと、くれぐれも変な実験で学院を壊すなよ？」

「そんなことしないよ！　でも、兄さんたちを驚かせる発明を持って帰ってくるから、楽しみにしてて」

父上と母上も静かに見守る中、僕は馬車に乗り込んだ。

やがて馬車が動き出し、家族の姿が徐々に遠ざかっていく。その姿を目に焼き付けながら、僕は学院生活にむけて決意を新たにしたのだった。

◇

馬車が王都に到着し、僕は再び学院の門に迎えられた。

広大な敷地に荘厳な石造りの校舎と、整然とした庭園。その威厳ある佇《たたず》まいは、何度見ても心が引き締まる。

「ここが、これからの僕の学びの場か……」

僕は受付で入学の手続きを済ませ、案内された寮に荷物を運び込む。

寮の部屋は広くはないが、必要なものは全て揃っており、窓から見える庭園の景色が心を落ち着かせてくれる。

「これからどんな日々が待っているんだろう」

僕が部屋を見回していると、扉がノックされた。

「入るぞ、エルヴィン！」

聞き覚えのある声に扉を開けると、そこにはレオンとカトリーヌが立っていた。

「よう、入学おめでとう。これからは学院生として、俺たちと一緒に切磋琢磨しようぜ」

「エルヴィン様、こうしてまたお会いできて嬉しいですわ。これからの学院生活が楽しみですね。一緒に学び、成長していきましょう」

二人とも無事に入学できたらしい。

「ありがとう、二人とも。ここでたくさんのことを学んで、もっとすごい魔道具を作れるようになりたいな」

「心配しなくても、明日から早速授業だぞ。でもその前に……まずは入学式に参加しないとな！」

「分かっているよ、レオンくん」

カトリーヌも優雅に微笑みながら僕を促す。

「エルヴィン様、一緒に会場に行きましょう」

「うん！」

その日の午後に、入学式が行われた。

ホールに集まった新入生たちは、それぞれの夢や目標を胸に抱いている様子だった。

新入生代表の言葉や、講師たちの挨拶、学院の理念を聞きながら、僕も新しい生活への期待で胸が膨らむ。

こうして、僕のカレドリア学院での生活が本格的に始まったのだった。

◇

カレドリア学院での初めての朝。

朝の鐘の音で目を覚ますと、窓から差し込む柔らかな光が部屋を明るく照らしていた。

学院の規則では、朝の鐘から一時間以内に朝食を済ませ、授業の準備を整えなければならない。

少し緊張しながらも、僕は急いで身支度を整える。

寮の食堂に入ると、すでに多くの生徒が集まっていた。見覚えのある顔を探していると、レオンがこちらに手を振っているのが見えた。

「おい、エルヴィン！　こっちだ！」

彼の隣にはカトリーヌも座っている。僕は二人のもとに急いで向かった。

「おはようレオンくん、カトリーヌさんも」

「おはようございます、エルヴィン様」

朝食を口に運びながら、レオンが僕にニヤリと笑いかける。

「よし、今日から本格的に授業が始まるな。お前、遅れるなよ？」

「分かっているよ。僕だって真面目にやるつもりだから」

三人で軽く朝食を済ませたあと、教室に向かった。


大きな講義室では、既に大勢の生徒たちが席についていた。

初日の授業は、学院の理念やカリキュラムの説明から始まった。

「カレドリア学院は、学問、技術、そして貴族としての礼儀を学ぶ場です。同時に、ここで得た知識と技術を社会で活かすことが求められます」

先生の威厳ある声が広い教室に響く。その言葉に、僕は改めて居住まいを正した。

最初の魔道工学の授業では、基礎的な魔道文字の理論が説明された。魔力の流れを効率よく制御するための配置や、文字ごとの特性について詳しく学ぶ。

「この文字の組み合わせを間違えると、魔力が不安定になって、装置が壊れる危険性があります」

先生の言葉を、僕はノートにびっしりとメモを取った。

これまでの実験では直感的に組み合わせていた部分が多かったが、改めて理論を学ぶことで、新しい発見がいくつもあった。

「なるほど、これなら魔力の消費をもっと抑えられるかもしれない……」

僕の呟きを聞いたからか、隣のカトリーヌが小声で話しかけてくる。

「エルヴィン様はこれまで独学で学んでこられたのですか？　とても理解が早いですわね」

「うん、実験しながら覚えたことが多いけど、やっぱりこうして理論を学ぶと新しい気づきがあるよ」

「さすがですわね。でも、私も負けていられませんわ」

カトリーヌの真剣な眼差しに、僕も自然とやる気が湧いてくる。


午後の武術の授業では、学院の訓練場に集合した。

レオンは嬉しそうに剣を手に取るが、僕は少し気後《きおく》れしながら訓練用の剣を握った。

「エルヴィン、お前もやる気出せよ！」

「うん、頑張るけど……剣術はあまり得意じゃないんだよね」

たまに兄さんと素振りをするくらいで、ちゃんと剣術を習った経験がない。

レオンは笑いながら僕の肩を叩いた。

「まあ、無理するな。けど、少しはやってみろよ。役に立つかもしれないぜ」

訓練が始まると、レオンが手本を見せながら基本的な動きを教えてくれた。カトリーヌも遠くから応援してくれる。

「エルヴィン様、頑張ってくださいませ！」

僕はぎこちない動きで基本動作を繰り返す。

「エルヴィン、その持ち方じゃ重心がぶれるぞ」

不器用ながらも一生懸命剣を振るう僕の姿を見てレオンが助言をくれるが、言われた通りに動こうとしてもなかなかうまくいかない。

「ごめん、やっぱり体を動かすのは苦手だよ」

「なら、別の方法を考えてみろよ。お前は頭が切れるんだから、体の動きをサポートする魔道具とか作れるだろ？」

僕とレオンの話を聞いていた先生が、微笑みながらアドバイスをくれる。

「確かに、一理あるな。シュトラウス君、体を使うのが苦手なら、それを補う技術を考えるのも一つの方法だ」

その言葉で、僕の中で新しいアイデアが浮かび上がる。

訓練用の魔道具……そういうものがあったら、もっと効率的に学べるかもしれない。

「剣の重心を自動で調整できる魔道具があれば、もっと扱いやすくなるかもしれない……」

先生もその考えに興味を示し、実現の可能性について議論が広がった。

初日の授業を終えて、僕は寮の部屋に戻った。

体は疲れていたが、心は充実感で満ちていた。これから始まる学院生活で、僕はどれだけ成長できるだろうか。

カレドリア学院では一年次は全ての学科の授業を受ける仕組みになっている。魔法理論、武術、戦術、魔道工学、さらには貴族としての教養や礼儀作法など、幅広い分野に触れることができる。

「家族や仲間たちの期待に応えられるように、もっと頑張らなくちゃ」

僕はそう決意しながら、窓の外に広がる星空を見上げた。

◇

学院では毎日新しい発見があり、僕は学ぶことの多さに胸を躍らせていた。

そんな学院での生活にも少しずつ慣れてきたある日。

魔道工学の授業で、僕は新しいクラスメイトと出会った。

授業が始まる前、ふと隣の席を見ると、漆黒《しっこく》の髪を軽くカールさせた少女が静かにノートを広げていた。その姿は控《ひか》えめながらも、どこか目を引くものがあった。

「こんにちは、僕はエルヴィン。エルヴィン・シュトラウス。よろしくね」

僕が声をかけると、彼女は少し驚いたように顔を上げた。

「リヴィア・マルティーヌと申します。よろしくお願いいたします、エルヴィン様」

その丁寧な言葉遣いから、少し緊張している様子が伝わってくる。

「そんなに堅くならなくてもいいよ。リヴィアって呼んでいいかな？」

「ええ、もちろんですわ……！」

リヴィアが微笑むと、その控えめな美しさが際立《きわだ》った。

そうこうしているうちに、授業が始まった。

先生が黒板に魔道文字の応用例をいくつか描いて、それを解説する。

「この組み合わせでは、魔力の流れが逆転する可能性があるため、正しい配置を確認することが重要です」

リヴィアは熱心に講義に耳を傾け、内容のメモを取っている。僕は彼女が真剣に学ぼうとしていることに感心した。

授業後、リヴィアが僕に小声で話しかけてきた。

「エルヴィン様、この魔道文字の配置について、少し教えていただけますか？」

「もちろん！　でも、エルヴィン様じゃなくて、エルヴィンでいいよ」

僕がそう言うと、リヴィアは慌てて首を横に振る。

「いえ、私は平民ですので、その……エルヴィン様に教えていただけるなんて恐縮ですわ」

彼女の控えめな態度に、僕は少し驚きながらも優しく応えた。

「そんなにかしこまらなくても大丈夫だよ。僕だって、みんなと一緒に学んでいるだけだから。ここでは同じ生徒の立場だし」

ノートを広げたリヴィアに、僕は自分なりの解釈で配置のポイントを説明した。

「この部分は魔力が通るルートだから、文字の向きが大事なんだ。逆にすると動作が不安定になっちゃうんだよ」

「なるほど……ありがとうございます。これで解けそうですわ！」

話してみると、どうやら彼女は商会の娘らしく、素材の特性や取引について詳しい知識を持っているようだ。

そういえば、授業中も先生から一目置かれている様子だった。

「リヴィア、すごいね。素材のこと、なんでも知ってるんだね」

僕の言葉に、リヴィアは照れたように下を向く。

「いえ、それほどでもありませんわ。家の仕事を手伝う中で学んだだけです」

「そうなんだ。じゃあ、今度僕の魔道具の素材選びも手伝ってくれる？」

僕がお願いすると、リヴィアの顔がパッと明るくなった。

「もちろんです！　それが私にできることであれば、喜んでお手伝いいたします」

リヴィアとの会話が、僕をさらに前向きな気持ちにさせてくれた。

昼食時、レオンとカトリーヌと合流すると、僕は二人にリヴィアと出会ったことを話した。

「へえ、新しい友達か？　良いじゃねえか！」

レオンが笑いながら言うと、カトリーヌも微笑んだ。

「リヴィアというと……確か、マルティーヌ商会のお嬢様ですわね。素晴らしいご家系ですわ」

「控えめだけど、しっかりしていて頼りがいがありそうな感じだったよ」

リヴィアに興味を持ったのか、レオンが質問を続ける。

「ふーん。それで、そのリヴィアって子、お前に教わって感謝してくれたのか？」

「まあ、ちょっとしたことだけどね」

「それは良かったな。それにしても、お前……いつの間にそんなに女の子から頼られる存在になったんだよ？」

レオンがからかうように言うので、僕は苦笑しながら答えた。

「別にそういうわけじゃないよ。でも、魔道具を通して誰かの役に立てるのは、純粋に嬉しいからね」

学院には、本当にいろんな人がいるんだな……

仲間たちと切磋琢磨していけば、僕の学院生活はさらに充実したものになりそうだ。明日もまた、新しい何かが待っている気がして、自然と笑みがこぼれた。

◇

日々の授業では新しい発見がいくつもあった。

学院での学びは広範囲にわたり、常に異なる挑戦が僕たちを待ち受けている。

魔法理論の授業では、主任教諭のグレゴール・ヴァルトシュタイン先生が、魔力制御の本質についての講義を行った。

痩《や》せた体躯《たいく》にフード付きのローブを纏った彼は、その鋭い目で生徒を見回した。

「魔力制御とは、感覚ではなく論理に従うことです。魔力の流れを理解し、意図的に操る。それが真の魔法使いです」

その厳格な口調に、教室の空気が引き締まる。彼が黒板に描く魔法陣は複雑ながら美しく、魔力の流れを図示している。

「この魔法陣を使って、魔力を安定させる方法を説明しなさい」

僕は手を挙げて、答えを述べる。

「魔法陣の中心に向けて魔力を流すことで、外側の力が均等に広がります。それにより、魔力の偏《かたよ》りを防げます」

「その通りだ。だが、中心の流れが強すぎると全体が崩れる。次回までにその調整方法を考えておけ」

新たな課題を提示され、僕は魔法についてさらに深く考えなければならないと感じた。

マリーナ・フェルディナンド先生は、実践的な授業を担当していた。

彼女は明るい声で生徒たちを励ます。

「さあ、まずはやってみましょう。魔法は感覚も大事よ。失敗を恐れず挑戦してみて」

マリーナ先生は苦戦しながらも魔法陣を描いているリヴィアにそっと声をかけた。

「リヴィアさん、焦らずに線を整えてごらんなさい。そのほうがスムーズに魔力が流れるわ」

「ありがとうございます、先生！」

リヴィアの丁寧な作業を見て、僕も負けていられないと思った。


午後の戦術の授業では、バルド先生が地形図を使った課題を出した。

「この状況で最も効率的な布陣を考えろ。相手の補給線を断つ手段を優先するんだ」

レオンがすぐに手を挙げて提案した。

「この道を通れば、相手の背後を取れるんじゃないか？」

「良い考えだね。でも、このルートを補強しないと、逆に挟み撃ちにされる可能性があるよ」

僕が補足すると、レオンは満足げに頷いた。

「なるほど。じゃあ、そっちを強化するプランにするか」

僕たちの提案を聞き、バルド先生が軽く頷く。

「柔軟な発想だ。だが、ただ補給線を断つだけでなく、そこからさらに長期的な戦略も考えなければならない。次回までに改良案を練っておけ」

レオンと僕は顔を見合わせて笑い、次の授業に備えた。


次の授業は、貴族社会における教養だった。これはカトリーヌが最も得意としている科目だ。彼女は礼儀作法や社交の心得を誰よりもよく理解しており、先生からも評価が高い。

「エルヴィン様、こうやってカップを持つと、より上品に見えますのよ」

カトリーヌはそう言って、僕に手本を見せてくれる。

「ありがとう、カトリーヌさん。確かにその方が自然だね」

一方、レオンはこの授業が苦手な様子で、カトリーヌにたびたび注意されていた。

「レオン様、その姿勢では印象が悪いですわよ」

「悪かったな。でも、これってそんなに重要か？」

「もちろんですわ。社交界では些細《ささい》な所作が信頼を左右しますの」

二人の掛け合いに僕たちは思わず笑い合い、和やかな雰囲気が広がった。

◇

学院生活が続く中、授業はさらに多様化し、仲間たちとの関わりも深まってきた。学ぶ分野が広がることで、自分自身や周囲の個性がよりはっきりと見えるようになってくる。

授業を通じて、自分の得意分野や克服すべき課題が明確になってきた。

僕は魔力制御についてもっと深く考える必要があるだろう。そしてこれが魔道具にどう応用できるかを研究しよう。

グレゴール先生の厳格な声が教室に響く。

「魔力制御の本質を理解するためには、まず論理を正確に使うことが大切です」

僕たちは黒板に描かれた複雑な魔法陣を睨《にら》みながら、どうすれば安定した魔力を流せるかを考えていた。

「シュトラウス君、この魔法陣で魔力が暴発しないように調整する方法を説明してみなさい」

先生に指名され、僕は緊張しながらも考えをまとめて答えた。

「魔力の流れを外側から内側に均等に引き込むように魔道文字の配置を変えます。また、魔法陣の中央に魔力の吸収を緩やかにする補助線を追加します」

「なるほど、理にかなっています。ただし、補助線を追加する際は、魔法陣全体のバランスを崩さないように注意すること」

厳しいながらも的確なグレゴール先生の指導だった。

一方で、リヴィアは丁寧にノートを取りながらも、別の視点で考えを述べた。

「先生、この魔法陣に使われている素材の特性を考慮すると、外周部の魔道文字を別の配置にすることで、魔力の効率が上がるのではないでしょうか？」

「その通りです、マルティーヌさん。君の分析は非常に鋭い。実際に試してみるといい」

リヴィアの冷静な考察に、教室のみんなが感心していた。


午後の魔道工学の授業では、魔力を効率よく使う装置の製作が課題として出された。

僕は小型のエネルギー転換装置を作ることに決めた。

「エルヴィン様、何を作っていらっしゃるのですか？」

リヴィアが僕の手元を見て尋ねた。

「これ、魔力を効率的に変換して、どんな環境でも安定して使えるエネルギー源になるんだ。完成したら見せるよ」

「とても素晴らしいアイデアですわ！　ぜひ私にも使わせてください」

二人で協力して作業を進める中で、彼女の素材に対する知識が大いに役立った。

完成した装置を試してみると、予想以上の性能を発揮《はっき》した。

僕とリヴィアは互いに喜びの言葉を口にする。

「すごい！　これならどんな魔道具にも応用できそうだ」

「エルヴィン様、本当にありがとうございます！」

授業で得た新しい知識や、仲間たちとの共同作業が、僕の視野を広げてくれる。

もっといろんなことを学んで、自分の魔道具を進化させたい。

学院生活は新しい発見に満ちている。この挑戦の日々の中で、僕はどれだけ成長できるのだろうか。

◇

学院生活も軌道に乗り、授業の一つ一つに奥深さを感じる日々が続いていた。

今日は、魔道工学の授業が一日中行われ、朝から夕方まで実技に重点を置いた課題が発表された。

「さて、今日は特別な課題だ」

魔道工学科主任教諭のオリバー・ヘルムート先生の声が教室内に響く。その落ち着いた語り口に、生徒は静まり返る。

「各自、魔力を安全に制御するための新しい仕組みを設計し、実際に作り上げてもらう。今回は、安全性と信頼性を重視することが求められる。実用的で誰もが使えるような魔道具を考えてみろ」

教室内にざわめきが広がる。魔道具を自由に設計するこの課題に、誰もが期待と不安を抱いているようだった。

僕は、魔力の暴発を防ぐ安全装置を作ることに決めた。これがあれば、初心者や慣れない人でも安心して魔道具を使えるだろう。

装置の設計図を描き始めていると、隣の席でリヴィアがノートを広げながら静かに話しかけてきた。

「エルヴィン様、その図案、とても興味深いです。どのような仕組みをお考えなんですか？」

「魔力の流れを監視して、暴発しそうになったら遮断《しゃだん》する仕組みを考えているんだ。まだ試行錯誤中だけど、この素材を使えば効率が良くなると思う」

「なるほど、それならこちらの素材も併用してみてはどうですか？　魔力の安定性がさらに向上するかもしれません」

彼女の助言に感謝しながら、早速試してみることにした。

装置の組み立ては順調に進んでいたものの、鍵となる魔力の暴発を防ぐ機構の調整で、問題が発生した。魔道文字の配置を何度も試してみたが、どうしても想定通りに動作しない。

レオンが僕の肩越しに装置を覗き込んでくる。

「エルヴィン、お前また難しいことに挑戦してるのか？」

「ちょっと行き詰まっているんだ。魔力の流れを検知する部分がうまく機能しなくて……」

「だったら、監視する範囲を狭めるのはどうだ？　精度は落ちるけど、確実に動くだろ」

レオンの助言で視界が開けた。

「確かに！　広範囲をカバーするより、確実に安全な動作をさせることを優先するべきだね」

レオンの直感的なアドバイスを取り入れ、装置は見事に作動した。

完成した装置を試験台に置き、オリバー先生の前で披露した。魔力が不安定になると自動で流れを遮断し、動作を安全に保つ仕組みが成功している。

「見事だ、シュトラウス君。この装置は初心者にも扱いやすいだけでなく、より多くの場面で役立つだろう。改良を加えれば、さらに可能性が広がるはずだ」

先生の評価に、僕の胸は達成感で満たされた。

リヴィアが装置を見ながら感嘆の声を漏らした。

「エルヴィン様、本当に素晴らしいですね。この仕組みを他の魔道具にも応用できるかもしれませんね」

「そうだね。次はもっと汎用性のある設計にしてみるよ」

授業後、僕はリヴィアやレオン、カトリーヌと一緒に学院の庭で一息ついた。

「エルヴィン、今日の授業の装置、俺にも使わせてくれよ。訓練中に役立ちそうだ」

レオンの言葉に、僕は快く頷く。

「もちろん。魔力の暴発を防げるなら、訓練で安心して全力を出せるだろうしね」

「それは面白いですわね。エルヴィン様の発明は、日常を豊かにしてくれるだけでなく、新しい可能性を感じさせてくれますわ」

カトリーヌに褒められた僕は、照れ隠しに頭を掻いて誤魔化《ごまか》したのだった。

◇

学院生活は、知識を深める日々の連続だ。今日は一日を通して戦術の授業が行われる。

戦術の授業は、単なる戦場の知識にとどまらず、応用力や発想力を鍛える内容が盛り込まれている。

バルド先生が教室に入ると、その場の空気が一変した。

「今日は実践的な模擬戦を行う。各自、班に分かれて敵陣を攻略する方法を考えてもらう。午前中は作戦の立案と準備、午後から模擬戦開始だ」

机の上に広げられた地図には、川や丘、森などの複雑な地形が描かれていた。

僕はレオン、カトリーヌ、リヴィアと共に班を組むことになった。

「この川を渡るのはリスクが高いけど、丘の上に拠点を構えれば優位に立てそうだよ」

僕が地形を指し示すと、レオンが同意して頷いた。

「確かにな。でも、敵が森を抜けて攻めてくる可能性もある。カトリーヌ、お前の意見はどうだ？」

「拠点を守りつつ、森を利用して奇襲を仕掛けるのはいかがですか？　敵の動きを読んで対応できる態勢を整えるべきですわ」

カトリーヌの冷静な分析に、リヴィアが付け加える。

「補給路も確保しておかないと、長期戦になったときに不利になります。川沿いの道を確保して、物資を運べるようにするのが良いと思います」

「よし、それでいこう！」

四人で地図をもとに、各々の配置と役割を決めていった。僕は、魔道具を使った支援が作戦にどう貢献《こうけん》できるかを考える。

「エルヴィン、お前の魔道具で敵の進路を制限することはできないか？」

「魔力で霧《きり》を発生させて視界を妨《さまた》げる装置ならすぐに作れると思うよ。それを森に配置すれば、敵の動きを遅らせられるはずだ」

「それだ！　さすがエルヴィン！」

レオンの力強い声に背中を押され、僕は装置の設計図を描き始めた。

とりあえず今は模擬戦で使えればいいので、魔力効率などは無視して構造を単純化し、水を霧にすることだけを考える。

リヴィアもその設計に意見を出し、素材の選定を手伝ってくれた。

各班の作戦が決まり、準備時間が終わったところで、模擬戦が始まった。

僕たちの班は、戦略通りに拠点を守りつつ、森を利用して奇襲を仕掛けた。

「敵が川を渡ろうとしているようですわ！　迅速《じんそく》に動かないと不利になりますわね！」

カトリーヌの鋭い指摘に反応し、レオンが即座に移動した。

「よし、森に霧の装置を展開して敵の視界を奪うんだ」

レオンの合図に合わせて僕の装置が起動し、森全体に濃い霧が立ち込める。

敵の動きが鈍《にぶ》った隙に、レオンが攻撃を仕掛ける。

「うまくいった！　これで優位に立てる！」

模擬戦の結果、僕たちの班は拠点を守り切り、敵陣を攻略することに成功した。

先生が全体を見渡しながら評価を述べる。

「シュトラウス班、柔軟な発想と連携が素晴らしかった。特に魔道具を活用した戦略は秀逸《しゅういつ》だ」

その言葉に、僕たちは安堵と喜びを感じた。

授業後、レオンが笑顔で僕の肩を叩いた。

「お前の魔道具、すげえな！　訓練で使えるなら、もっと試してみたい」

「ありがとう。次はもっと効果的な装置を考えてみるよ」

リヴィアとカトリーヌも微笑みながら言った。

「エルヴィン様の発明があると、本当に心強いです。次も一緒に頑張りましょう」

「エルヴィン様、あなたの発明が学院でさらに注目を集めることを期待していますわ」

仲間たちとの会話が、僕の胸に新たな意欲を燃やした。

◇

今日は貴族学科の授業が一日行われる。

授業では教養やマナー、政治学や経済学など、多岐にわたるテーマが扱われる。この日は特に、礼儀作法と宮廷外交についての講義が中心だった。

「貴族としての品格は一朝一夕《いっちょういっせき》で身につくものではありません。常に自分を磨く努力を怠《おこた》らないように」

セバスチャン・オルデンブルク先生の威厳ある声が教室に響く。僕たちは教壇に立つ彼を見上げながら、その説得力のある言葉に圧倒されていた。

「まず、宮廷での正式な挨拶について説明しましょう。これは王国の品位を保つために不可欠な知識です」

オルデンブルク先生が洗練された所作で見本を示すと、生徒たちは一斉にその動きを真似し始めた。その中でもカトリーヌの所作は際立っていた。彼女の立ち居振る舞いは完璧で、まるで宮廷にいるような優雅さがある。

「カトリーヌさん、とても美しい振る舞いですね」

先生が微笑みながらカトリーヌを褒めた。

「ありがとうございます、オルデンブルク先生。母から日々学んだことを活かしていますの」

一方で、レオンと僕は苦戦していた。

「おい、エルヴィン。この角度で合ってるのか？」

「うーん、もう少し手首を柔らかく動かすと、自然に見えるかも」

「ったく、こんな細かいことまで覚えなきゃいけないのかよ！」

レオンがぼやく横で、カトリーヌが優しくアドバイスする。

「レオン様、緊張を解いてくださいませ。肩の力を抜けば、もっと自然な動きになりますわ」

助言を受けて、レオンも徐々に動きが滑らかになっていった。


午後の授業では、宮廷外交の基礎についての講義が行われた。

オルデンブルク先生が、外交における言葉の選び方や交渉術の重要性について語る。

「外交の場では、一言一言が相手の印象を左右します。言葉を慎重に選び、相手を立てることを忘れないように」

先生が事例を交えながら解説すると、カトリーヌが手を挙げて質問した。

「先生、もし相手が無礼な態度を取った場合でも、私たちは品位を保つべきでしょうか？」

「非常に良い質問です、リンドベルグさん。無礼な態度に対して感情的に反応するのは得策ではありません。むしろ冷静さと品格をもって対応することで、相手の態度が変わる可能性があります」

その答えに、カトリーヌは納得した表情を浮かべた。

「ありがとうございます。覚えておきますわ」

彼女の知的で冷静な姿勢に、周囲の生徒は感心していた。

授業が終わり、僕たちは教室を出て廊下で話をしていた。

「カトリーヌさん、本当にすごいね。全部の動きが完璧だったよ」

「ありがとうございます、エルヴィン様。でも、まだまだ学ぶことは多いですわ」

レオンもカトリーヌに感心した様子で声をかける。

「お前、本当に貴族って感じだよな。俺なんか未だに姿勢を正すのが精一杯だ」

「レオン様も頑張っていらっしゃいましたよ。継続すれば必ず身につきますわ」

「お前がそう言うなら、もう少し頑張ってみるか」

カトリーヌに励まされ、レオンは苦笑しながらも嬉しそうだった。

その光景にリヴィアが微笑む。

「カトリーヌ様のように、私も自分の立ち居振る舞いをもっと磨いていきたいです」

仲間たちと励まし合いながら、僕たちは学院での日々を一層充実したものにしていく。

◇

今日は、魔法理論の授業が一日行われる。魔法の本質を理解することを目的に、古代の魔法陣の解読と現代魔法への応用がテーマだった。

「今日の授業では、この古代魔法陣の解析を行います」

グレゴール先生が黒板に複雑な魔法陣を描いた。その図形は、幾何学的《きかがくてき》な美しさを持ちながらも、どこか圧倒されるほどの威圧感を放っている。

「この魔法陣は、古代の防御術に用いられたものです。その仕組みを理解し、現代の技術にどう応用できるかを考えてみなさい」

教室は一気に静まり返った。生徒たちはノートを取りながら真剣な表情で魔法陣を観察している。

「エルヴィン様、これはどう解読すればいいのでしょうか？」

隣のリヴィアが不安そうに小声で僕に尋ねた。

「まずは魔力の流れを追ってみよう。中心から外側に向かう動きが鍵になっていると思う」

僕たちは魔法陣の各部分を分解し、魔力の動きを分析した。リヴィアが素材の特性に基づいて鋭い指摘をする。

「この魔道文字、周囲の流れを均一にする効果があるのではないでしょうか？」

「確かに。それなら、この部分を強化すれば全体のバランスが保てるかも」

二人で試行錯誤する中で、新しい仮説が生まれた。

講義の後半では、魔法陣の一部を実際に再現し、効果を確認する実験が行われた。

「この配置では、魔力が偏ってしまうな……」

僕が苦戦していると、カトリーヌが助け舟を出してくれた。

「エルヴィン様、この部分を調整してみてはいかがですか？　魔法陣の中心が安定するはずですわ」

「ありがとう、カトリーヌさん。その案を試してみるよ」

カトリーヌの提案通りに修正を加えると、魔力の流れが格段に安定した。

一方で、レオンは不器用ながらも一生懸命に魔法陣を描いている。

「これで合ってるのか？　いや、違うか……くそ！」

「レオン様、焦らずに一つずつ確認してくださいませ」

カトリーヌが優しく声をかけると、レオンは少し落ち着きを取り戻した。

「分かった。サンキュー、カトリーヌ」

僕たち同様、他の班もそれぞれに試行錯誤して、失敗や成功を繰り返していた。

実験が終わったところで、グレゴール先生が教室を見回しながら生徒に問いかける。

「さて、今回の魔法陣の解析から、どんなことが分かったか報告してもらいましょう」

僕は手を挙げて、自分たちの班の成果を発表した。

「この魔法陣は、魔力を均等に分散させる構造を持っています。ただし、外部からの強い干渉があると、その効果が崩れる危険性があることが分かりました」

「興味深い発見です、シュトラウス君。その弱点を克服する方法を考えるのも、次の課題となるでしょう」

先生は感心した様子で頷き、他の班にも発表を促した。

授業後、レオンが満足げな顔で話しかけてきた。

「エルヴィン、お前の発表、すげえ分かりやすかったぞ」

「ありがとう。でも、まだ課題は山積みだよ」

「それでも、ここまで解析できるなんて、大したものですわ」

カトリーヌの言葉に、僕は少し照れながら答える。

「みんなの助けがあったからだよ。次も一緒に頑張ろう」

リヴィアも頷きながら微笑む。

「エルヴィン様、次はもっと良い成果を出しましょうね」

仲間たちと共に学び、挑戦する日々は続いていく。

◇

学院の授業は知識を磨くだけでなく、仲間たちとの関係を深める場でもある。

今日は自由課題として、各自の発想を活かした発明品を製作することになった。

「さて、生徒諸君。今日は自由に発想を膨らませ、実用的な魔道具を製作してもらう。テーマは『日常生活を便利にする魔道具』だ」

オリバー先生の指示で、教室には活気が満ちていた。各自が思い思いの魔道具を設計し始める中、僕もノートにアイデアを書き込んでいく。

「エルヴィン様、今回の課題では何を作るつもりですか？」

リヴィアが前のめりになって僕に尋ねた。

「携帯型の浄水器を考えているんだ。これがあればどこでも安全な飲み水を確保できる」

「素晴らしいアイデアですね！　それなら、この素材を使えば浄化の効率が上がるかもしれませんね」

「ありがとう。魔道文字の配置も工夫してみるよ。魔力を効率よく水に伝えることで、浄化を短時間で完了させる仕組みにしたいんだ」

リヴィアの助言を受け、早速試してみることにした。

携帯型の浄水器を作るにあたり、僕は水を通過させるフィルター部分に魔道文字を刻むことにした。

フィルター内で魔力が活性化し、水に含まれる不純物を中和・分解する仕組みだ。ただし、魔力の流れが複雑すぎると浄化が不安定になるため、魔道文字の配置には特に注意を払った。

「エルヴィン様、魔力の流れがもう少し均一になるように、この配置を試してみてはどうですか？」

リヴィアが指摘してくれた案を採用すると、フィルター内の魔力循環が滑らかになった。汚れた水が徐々に透き通っていく様子を見て、僕は小さくガッツポーズをした。

「ありがとう、リヴィア。この調整で浄化速度が上がったよ」

一方、レオンも何やら自分の装置を作る作業に没頭していた。彼は僕の手元を覗き込みながら尋ねる。

「おいエルヴィン、またすごいの作ってるな！　俺の動作記録装置も手伝ってくれよ」

「動作記録装置？　どういう仕組みを考えてるの？」

「剣の動きを記録して、あとで分析できるようにしたいんだ。けど、魔道文字の配置がどうしてもうまくいかなくて……」

「それなら、剣の動きを角度と加速度に分けて検知する仕組みを追加すれば良さそうだね。この部分に加えれば、データが正確に記録されるはずだよ」

僕がアドバイスすると、レオンは満足げに頷いた。

「さすがエルヴィンだな！　これなら完成しそうだ」

一方、カトリーヌは見た目にも美しい魔道具を作ろうと試行錯誤していた。

「カトリーヌさん、それは何を作っているの？」

「香りを調整できるアロマランプですわ。日常生活を少しでも優雅にしたいと思いまして」

ランプの内部には香りを調整する魔道文字が刻まれており、特定の魔力を注ぐと香りが変化する仕組みだ。

「さすがカトリーヌさん。見た目も機能も素晴らしいね。どの香りも心が落ち着くよ」

「ありがとうございます、エルヴィン様。もっと改良を重ねていきますわ」

授業の最後には、各自が完成した魔道具を発表する時間が設けられた。

「これは携帯型の浄水器です。この浄水器は、水をフィルターに通して魔力で浄化する仕組みです。不純物を魔力で分解し、安全な飲み水を精製します。また、消費魔力を抑える工夫も施してあります」

僕が仕組みを説明すると、教室が感嘆の声で包まれた。

オリバー先生が頷きながら講評を始めた。

「シュトラウス君、素晴らしい発明だ。実用性が高く、多くの場面で役立つはずだ。ただし、長時間使用した際の耐久性を確かめる必要がある。そこを改良すれば、さらに完成度が高まるだろう」

続いてレオンが剣術訓練用の動作記録装置を発表した。

「この装置は、剣の動きを記録し、あとで分析できるようにしたものです。動きの癖《くせ》や改善点を見つけるのに役立ちます」

「グレイバー君のアイデアは、剣術の訓練が大いに効率化される可能性がある。改良すれば、学院や騎士団の訓練でも活用できるかもしれない」

レオンの発表も、オリバー先生からの評価は上々だ。

最後にカトリーヌがアロマランプを披露した。

「このランプは香りを調整する機能を持ち、心を癒す効果がありますの」

「リンドベルグさん、機能だけでなく、デザインにも高い芸術性が感じられる。特に香りの調整機構は興味深い。香りと魔法を組み合わせた新しい応用が期待できる」

授業が終わり、レオンと僕はお互いの発明について語り合った。

「エルヴィン、お前の浄水器、本当に便利そうだな。実際に使ってみたいぞ」

「ありがとう、レオンくん。動作記録装置もすごく役立ちそうだったよ」

そこにカトリーヌもやって来て、会話に加わる。

「エルヴィン様、浄水器の改良案があればぜひお聞かせくださいませ」

「もちろん。もっと軽量化できれば、さらに使いやすくなるはずだよ」

こうして、仲間たちと知識を共有しながら学び、学院生活はますます充実したものになっていった。

◇

今日は魔法理論の授業で、実践魔法の応用について学ぶことになった。

攻撃や防御など、実際の戦闘や防衛に役立つ魔法がテーマであり、学院の中でも特に生徒たちの関心が高い分野だ。

「実践魔法とは、単なる魔力の放出ではなく、論理的な制御と目的に応じた応用が重要です」

グレゴール先生の厳格な声が、教室の空気を引き締める。彼が黒板に描いたのは、炎の魔法陣と盾を模した防御魔法の構造だった。

「たとえば、この炎の魔法は、一方向に魔力を集中させることで威力を増します。対して、防御魔法は魔力を分散させて衝撃を吸収する仕組みです。この違いを理解し、それぞれを適切に使い分けられることが実践魔法の基本です」

先生の言葉に、生徒たちは真剣な表情でノートを取った。僕も魔法陣の構造をじっくり観察しながら、自分なりの応用方法を考え始める。

授業の後半では、実際に魔法陣を描いて攻撃魔法を試す実技が行われた。僕たちは模擬場に移動して、先生の指導のもと、一つずつ魔法を発動してみる。

「まずは簡単な火球を作り出してみなさい」

グレゴール先生の指示に従い、僕は魔法陣を描きながら魔力を流し込んだ。しかし、火球は想像以上に小さく、か細い炎しか出なかった。

「うまくいかないな……」

隣でリヴィアが励ましてくれる。

「エルヴィン様、魔力の流れを均等にすると、もっと安定すると思います」

彼女の助言を取り入れ、魔法陣を少し調整すると、火球が勢いよく発生した。

「やった！　リヴィア、ありがとう！」

喜びの声を上げる僕を尻目に、レオンは豪快に魔法を放ち、模擬場の標的を見事に撃ち抜いていた。

「どうだ、俺の火球！　これなら実戦でも十分通用するだろ⁉」

得意げなレオンに、僕は気づいたことを伝える。

「確かに威力はすごいけど、もっと効率的に魔力を使ったほうが持続力が出るよ」

他方、カトリーヌも冷静に防御魔法を使いこなしている。彼女は美しい輝きを放ちながら安定したバリアを形成していた。

「防御魔法は、いかに短時間で展開できるかが鍵ですわね」

彼女の言葉から、僕は改めて防御魔法の重要性を実感した。

授業の最後には、攻撃魔法と防御魔法を組み合わせた応用練習が行われた。先生が模範を示しながら、生徒たちに問いかける。

「攻撃と防御を切り替える際のポイントは何か分かる人は？」

僕は手を挙げて答えた。

「防御に使用する魔力を効率的に攻撃に転換することだと思います。魔力の分配を工夫すれば、より素早い切り替えが可能です」

「その通りです、シュトラウス君。ただし、急な切り替えは魔力負担を増やす可能性もあります。そのバランスを保つ方法を模索するのも、今後の課題です」

グレゴール先生のアドバイスを胸に刻みながら、僕たちはさらに練習を重ねた。

授業が終わり、レオンが僕の肩を叩いてくる。

「エルヴィン、お前の火球、さっきよりかなり良くなっていたな」

「ありがとう。でも、レオンくんみたいに大きな火球はまだ無理だよ」

「いやいや、お前ならもっとすごいの作れるさ。次は防御魔法も一緒にやってみようぜ！」

レオンの激励でやる気が出た僕は、カトリーヌにも話を振る。

「そういえば、カトリーヌさんの防御魔法も素晴らしかったよ。あんなに美しいバリアを作れるなんて、驚いた」

「ありがとうございます、エルヴィン様。でも、実戦ではさらに即応性を高める必要がありますわね」

リヴィアも微笑みながら言葉を添える。

「エルヴィン様の発想力があれば、攻撃と防御の切り替えをさらに効率化できるはずです」

僕たちは感想を語り合いながら模擬場を後にした。

◇

魔法理論の授業が終わり、僕たちは次の課題に取り組むために学院の資料室へ向かった。

ここには、過去の研究や魔道具の設計図、古代魔法に関する貴重な資料、そして実践的な魔法理論や戦術に関する多くの教本が保管されている。

資料室にはすでに先客がいた。その中の一人、資料室の奥に座る威厳ある雰囲気の青年が僕たちに話しかけてきた。

「君たちが噂の一年生か。最近の授業で目覚ましい成果を上げていると聞いたよ」

声の主は六年生のクラウス・フォン・エーベルヴァルト。学院でも名高い成績を誇る最上級生であり、魔法と戦術の天才と言われている。

クラウスは長身で整った顔立ちをしており、切れ長の瞳でこちらをじっと見つめている。

「ありがとうございます。僕たちはまだ勉強を始めたばかりですが、全力で頑張っています」

僕が礼儀正しく答えると、クラウスは微笑んだ。

「その意気だ。一年生の頃から努力を重ねることが大事だ。そうすれば、君たちも自分の道を切り開ける」

そう言うと、クラウスは棚から大きな書物を取り出して、僕たちのテーブルに置いた。

「これは、実践魔法の応用について書かれた古い書物だ。戦場での魔法の使い方を詳しく解説している。興味があれば読んでみるといい」

僕たちは早速その書物を手に取り、ページをめくった。

そこには、攻撃魔法や防御魔法を効果的に使うための戦術や、魔力の効率的な配分方法が詳細に記されていた。

「すごい……これなら、授業で学んだことをもっと応用できそうだ」

僕が感嘆の声を漏らすと、クラウスは軽く頷いた。

「そうだ。この書物の中にある戦術は、現代の魔法にも十分通用するものが多い。だが、それを完全に使いこなすには、技術だけでなく応用力も必要だ」

「魔力の配分や連携について、こんなにも細かく書かれているなんて……勉強になります」

リヴィアがページをめくりながら感心した声を漏らした。

「リヴィアなら、この知識を活かして新しい発明ができそうだね」

「エルヴィン様にそう言っていただけると、励みになります」

僕の言葉にリヴィアが微笑んだ。

「理論を学ぶだけでなく、実際に試してみることも大事ですわね。実戦では予想外の事態が起こりますもの」

カトリーヌの助言をきっかけに、クラウスがある提案をもちかけてきた。

「君たち、近々行われる全学年参加の模擬戦に参加してみないか？　実戦形式の模擬戦は、授業で学んだ知識を試す絶好の機会だ」

レオンが目を輝かせて答える。

「やりたいです！　俺の剣術も役に立つし、魔法の応用も試せる！」

「大規模な模擬戦ですか……興味がありますわ。エルヴィン様、どうなさいますか？」

カトリーヌの問いに、僕も迷わず首肯《しゅこう》する。

「もちろん参加したい。実際に試してみることで、もっと多くを学べるはずだ」

クラウスは満足げに頷いた。

「それでこそ学院の生徒だ。模擬戦では僕も監督役として参加するから、全力を尽くして挑んでくれ」

資料室を後にした僕たちは、早速模擬戦に向けての準備を始めることにした。

クラウスから借りた書物を参考にしながら、魔法陣や戦術の練習を進める。

「模擬戦では俺が前衛をやるから、カトリーヌは防御魔法を担当してくれ。エルヴィン、お前は魔道具で臨機応変にサポートしてほしい。リヴィアもエルヴィンと一緒に補助の役割でいいか？」

模擬戦に一番乗り気なレオンが、的確に指示を出していく。

「防御魔法を完璧に展開できるように練習しますわ。模擬戦では失敗できませんもの」

「分かった。戦況を見ながら防御と攻撃を切り替えられるようにするよ」

「私も微力を尽くします」

仲間たちと力を合わせ、模擬戦に向けて準備を進めるのだった。

◇

全学年参加の模擬戦の日がやってきた。

学院内の広大な訓練場には、多くの生徒たちが集まり、緊張と興奮が入り混じる空気が漂っている。今日は、学院の一年生から六年生までが参加する大規模な模擬戦であり、僕たち一年生にとっては初めての挑戦だった。

「模擬戦のルールを説明する」

監督役として指揮を執るクラウスが、冷静な表情で説明を始めた。

「この模擬戦は、複数の班が敵味方に分かれて領地を取り合う形式で行う。各班には仮の本拠地が割り当てられ、敵軍の拠点を攻略し、自軍の拠点を守ることが目標だ」

クラウスの指示に従って、僕たちは自分の班の戦略を確認した。

レオンは前衛を担当して、カトリーヌは防御魔法、リヴィアと僕が補助と支援を担う。

「エルヴィン、今回も頼りにしてるぞ！」

気合い十分のレオンに負けじと、僕も仲間を鼓舞《こぶ》する。

「分かった。力を合わせれば、きっと勝てるよ」

模擬戦が始まり、僕たちはまず拠点の防御を固めることにした。

魔道具を使って簡易バリケードを設置し、リヴィアが補強の魔法陣を描く。すると、遠くから別の班がこちらに接近してくるのが見えた。

「来たか……誰だ？」

先頭に立つのは、二年生のフリードリヒ・シュナイダー。背が高く、短い銀髪が特徴的な彼は、強い意志を宿した目でこちらを睨みつけてきた。

「一年生がここを守るのか？　面白い。だが、俺たちに勝てると思うなよ」

その挑発的な態度に、レオンが剣を構えて応じる。

「試してみろよ。俺たちの力をなめるな！」

「ふん、勢いだけは一人前だな」

フリードリヒは冷笑を浮かべながら、班のメンバーに指示を出し、攻撃を開始した。彼の班は整然とした動きで攻めてきており、その統率力に驚かされた。

僕たちは防御魔法と魔道具を駆使して、なんとかその攻撃をしのいだ。

しかし、フリードリヒは単なる攻撃ではなく、僕たちの動きを観察しながら次の一手を練っているようだった。

「エルヴィン、あの銀髪のやつ、ただ力任せで攻めてきてるわけじゃないぞ！」

レオンが気づいたことをこちらに伝えてくる。

「分かってる。彼は僕たちの動きを分析して突破口を見つけるつもりだ」

カトリーヌが防御魔法を強化しながら言葉を挟む。

「こちらの動きが読まれる前に、何か手を打つ必要がありますわね」

僕は素早く新しい魔道具を展開し、霧を発生させて視界を妨げる作戦に出た。

「これで少し時間を稼《かせ》げる。リヴィア、補助魔法でバリケードを強化して！」

「はい、エルヴィン様！」

霧の中で僕たちが防御を固めていると、この程度で俺たちを止められると思うな！」

「なかなか面白いじゃないか。だが、この程度で俺たちを止められると思うな！」

フリードリヒの班は再び攻撃を仕掛けてきたが、僕たちは巧《たく》みに連携してこれを耐え抜いた。

レオンとフリードリヒは最前線で剣を合わせ、一進一退の攻防を繰り広げる。レオンの剣術は見事で、先輩相手に一歩も引かない勇猛な戦いぶりだ。

時々遠距離から攻撃魔法が撃ち込まれるが、これはカトリーヌが的確に防いでくれる。

僕とリヴィアは相手の出方に合わせて柔軟に対応し、こちらの側面を突いてこようとする者の動きを妨害したり、味方の別の班の動きを支援したりした。

最終的に、模擬戦は両軍の引き分けという形で終了した。

戦いが終わり、フリードリヒが僕たちのもとに歩み寄ってきた。

「お前たち、一年生にしてはなかなかやるじゃないか」

「先輩たちもとても強かったです。次はさらに良い勝負ができると嬉しいです」

僕が応えると、フリードリヒは少しだけ笑みを浮かべた。

「エルヴィン・シュトラウスだな。覚えておく。次は負けないからな」

そう言い残すと、フリードリヒは去っていった。

◇

模擬戦が終わり、僕たちは日常の授業に戻った。

今日は自由時間を使って、個人の研究課題として魔道具の製作に取り組むことにした。

学院内の実験室には、さまざまな素材や道具が揃っており、新しい発明を試すには最適な環境だ。

「エルヴィン様、今回の課題では何を作るつもりですか？」

リヴィアが机の向かいから声をかけてくる。

「今回は、魔力を利用して小型の防御フィールドを作る装置を考えているんだ。携帯型ですぐに展開できるものがあれば、もしものときに役立つと思ってね」

これがあれば、防御魔法を使えない人でも危険回避などの際に容易にバリアを展開できるはずだ。

「それは素晴らしいアイデアですね！　どのような仕組みにするつもりですか？」

「魔道文字をリング状に刻んで、使用者を中心に球形のバリアを展開する仕組みにするつもりだよ。ただ、魔力効率とバリアの強度をどう両立させるかが課題だ」

リヴィアが机の上にある素材を指差しながら提案する。

「この魔力鉱を使えば、効率を少し改善できるかもしれませんわ」

「ありがとう。それを試してみるよ」

製作を進める中で、魔道文字の刻み方が重要なポイントになることが分かった。バリアの形状を安定させるためには、魔力が均等に流れるように魔道文字を配置する必要がある。

「ここを少し修正してみよう……」

僕は刻みかけのリングを慎重に削り直し、魔道文字の配置を微調整した。しかし、最初の試作品ではバリアが不安定で、数秒しかもたなかった。

「もっと効率よく魔力を流すにはどうすれば……」

頭を抱えていると、レオンが実験室に入ってきた。

「エルヴィン、また面白いものを作ってるな！　どうだ、うまくいきそうか？」

「まだ試作段階だよ。バリアがすぐに崩れちゃうんだ」

「そりゃ大変だな。でも、戦闘中に役立つなら、すげえ装置だぞ」

レオンの励ましを受け、僕は再び手を動かし始めた。魔力の流れを安定させるために、リングの内側に追加の魔道文字を刻んでみる。

数時間の試行錯誤を経て、ついに装置が完成した。

指輪型の魔道具を指に装着して魔力を流し込むと、透明な球状のバリアが展開された。

「やった……！　これなら実用的だ！」

リヴィアが拍手しながらこちらに駆け寄ってくる。

「エルヴィン様、本当にすごいです！　こんなに早く完成するなんて、驚きました」

「ありがとう。あとは実戦でどれくらい役立つか試してみないとね」

レオンもバリアに手を触れて感触を確かめる。

「おい、このバリア、けっこう硬いじゃないか！　これなら攻撃をしっかり防げそうだな」

「でも、魔力消費量がまだ少し多いんだ。改良の余地はあるけど、これが最初の一歩だよ」

「だったら、次はバリアのサイズを自由に変えられるようにしてみたらどうだ？」

レオンが提案すると、リヴィアもすかさず意見を述べる。

「それなら、魔力の消費量を調整する仕組みも必要ですね」

「みんな、ありがとう。次の製作でそれを試してみるよ」

仲間たちとアイデアを出し合いながら、僕は新たな挑戦に向けて心を燃やすのだった。

# 初めての長期休暇

学院生活初めての長期休暇である夏季休暇が訪れた。

この期間、学院の生徒たちはそれぞれの家に戻り、家族との時間を過ごすことが許される。僕も故郷の領地に帰ることになり、久しぶりの家族との再会に胸を躍らせていた。

「エルヴィン様、お荷物は全てお揃いでしょうか？」

迎えに来たロバートが荷物の確認をしてくれる中、僕は最後に学院の部屋を見渡した。楽しくも刺激的な毎日とは、しばしのお別れだ。

「ロバート、ありがとう。これで大丈夫だと思う」

「それでは馬車まで参りましょう。こちらにどうぞ」

荷物を持って、馬車まで向かう。学院の門に着くと、リヴィアとカトリーヌが見送りに来てくれていた。

「エルヴィン様、良い休暇をお過ごしください」

「お土産話《みやげばなし》を楽しみにしていますわ」

「ありがとう。二人も体に気をつけてね」

僕は馬車に乗り込み、学院を後にした。

◇

故郷の見慣れた風景が近づいてくるにつれて、懐《なつ》かしい気持ちが湧き上がった。

領地の門をくぐると、そこには家族全員が出迎えてくれた。玄関の前には父上と母上が微笑みながら立っており、兄さんたちも手を振ってくれている。

「久しぶりだな、学院生活はどうだった？」

「エルヴィン、おかえりなさい」

「ただいま、父上、母上。学院では本当にたくさんのことを学びました！　毎日が刺激的です」

リリィは僕の姿を見るなり駆け寄り、小さな手でしがみついてくる。

「にいちゃん、おかえりー！」

「ただいま、リリィ。元気にしてた？」

「うん！　でも、にいちゃんがいなくて寂《さび》しかったの！」

リリィの無邪気な笑顔に、僕も自然と笑みがこぼれた。

久々に家族全員が揃った夕食では、豪華な料理を堪能した。

僕が学院での出来事を話すと、みんなが熱心に耳を傾けてくれる。

「魔道具の製作もだいぶ進んできて、学院の先生にも評価してもらえたんだ」

「そうか。それは素晴らしいな。私としても誇らしいぞ」

父上が満足げに頷き、母上も優しい微笑みを浮かべる。

「エルヴィン、あなたが努力している姿が目に浮かぶようだわ」

リリィは隣で目を輝かせながら話を聞いている。

「にいちゃん、すごいね！　新しい魔道具ってどんなの？」

「次に作ったらリリィにも見せてあげるよ」

リヒャルト兄さんも学院での生活についての質問を投げかけてくる。

「学院の仲間たちとはどうだ？　面白いやつらばかりなんだろう？」

「うん、前に父上と行ったお披露目会で知り合った友達もいたよ。レオンくんは剣術が得意で、カトリーヌさんは貴族学科の授業や魔法が得意なんだ。彼女は学院内で社交やマナーの模範として評価されているんだ」

アレクシス兄さんはうんうんと頷いて、僕に続きを促した。

「それに、新しく知り合ったリヴィアは商家の出身で、素材に関する知識がとても豊富だから、魔道具の製作では本当に助けてもらっているんだ。みんなで一緒に頑張っているよ」

家族水入らずの温かい食卓で、会話は尽きなかった。

父上は領地の状況や、今取り組んでいる課題について話してくれた。

「エルヴィン、休暇中は学院で学んだことを活かして、この領地をさらに良くしていく方法を考えてみてはどうだ？」

「分かりました、父上。魔道具の技術で何かできることがないか考えてみます。学院に戻るときには、もっと成長した姿をお見せします！」

家族との再会を果たしたことで、僕の心には新たな目標が生まれた。この夏季休暇で得た時間を使って、自分の技術を磨き続けようと決意した。

◇

今日は一日中遊ぶことにした。学院生活では忙しい日々を過ごしていたから、こんな風に家族とのんびり過ごす時間が本当に嬉しい。

朝食を終えると、アレクシス兄さんとリヒャルト兄さんが僕の部屋にやってきた。二人はいつものように優しげな笑顔を見せてくれる。

「エルヴィン、今日は久しぶりにみんなで遊びに行こうか。学院で忙しかっただろう？」

アレクシス兄さんの誘いに、僕は即答する。

「いいね！　ずっと家族と一緒に遊びたかったんだ」

「じゃあ、外で何をするか考えようか」

リヒャルト兄さんがそう言って、僕たちは庭へ向かった。

リリィは一足先に外に出ていて、広々とした庭を楽しそうに駆け回っている。そこで僕たちは簡単な魔道具を使った遊びを始めることにした。

「これ、学院で作った光のランタンだよ。ゲームに使えるかもしれない」

僕が取り出したランタンは、光の強さや色を変えることができる。

「エルヴィン、それなら鬼ごっこの鬼を光で示す道具に使えそうだな」

アレクシス兄さんが提案し、みんなが賛成した。

まずはランタンを手にしたリリィが鬼になり、僕たちは庭中を逃げ回る。

「にいちゃん、待ってー！」

リリィの笑顔につられて、僕も自然と笑いながら駆け回った。

遊び疲れた頃、母上が庭に顔を出した。

「みんな、楽しそうね。お昼ご飯の準備ができたから、中に入りましょう」

母上に促されて食堂に向かうと、豪華なランチが並んでいた。

一足先に食卓に着いていた父上が、僕に尋ねる。

「エルヴィン、楽しんでいるようだな」

「父上！　はい、久しぶりに兄さんたちと遊べて嬉しいです」

僕たちは昼食をとりながら、楽しい会話を続ける。

「エルヴィン、さっき見たランタン以外だと、学院ではどんな魔道具を作ったんだ？」

リヒャルト兄さんが興味津々の様子で聞いた。

「最近は携帯型の防御フィールド発生装置を作ったんだ。バリアを展開して攻撃を防げるんだよ」

「それは面白いな。訓練でも使えるかもしれないね」

話を聞いていた父上も魔道具の話題に加わる。

「こうして学院での成長が家族に伝わると、良い刺激になるな。エルヴィン、これからも新しい魔道具を見せてくれることを期待しているぞ」

「はい、父上！」

食事を終えて、午後の仕事に戻る前に、父上が少し一緒に遊んでくれた。

その後はまた庭に出て、兄さんたちと簡単な魔法を使ったゲームを始めた。

リヒャルト兄さんが風の魔法で葉っぱを飛ばし、アレクシス兄さんがその動きを的確に見極めてキャッチする。

「エルヴィン、次はお前もやってみろ」

「よし、やってみる！」

僕は風に流れる葉っぱを追いかけながら、魔法を応用してキャッチする練習をした。何度も失敗したけれど、兄さんたちのアドバイスのおかげで少しずつうまくなっていった。

「エルヴィン、お前はやっぱり努力を重ねる姿が一番だな」

「ありがとう、アレクシス兄さん！」

久しぶりに兄妹《きょうだい》たちと過ごした時間は、学院では得られない特別なものだった。

◇

夏季休暇も中盤に差し掛かり、僕は学院で学んだ知識や技術を活かして新しい魔道具の製作に取り組むことにした。領地の生活を少しでも便利にするために、今の自分ができることを形にしたかったからだ。

「坊ちゃま、こちらに集めた素材のリストがございます」

朝食を終えたところで、ロバートが準備してくれた素材の資料を持ってきた。そこにはエルメタルなどの特異な性質を持つ貴重な素材が記載されている。中には『フロストウッド』など、僕が初めて扱う素材の名前もあった。

「ありがとう、ロバート。これなら、新しいアイデアが試せそうだ」

母上がリストを覗き込みながら僕に声をかける。

「エルヴィン、具体的にはどのような仕組みを考えているの？」

「魔力で作物を浮かせて少ない力で運ぶ装置だよ。これがあれば、収穫や運搬がもっと楽になると思うんだ」

「それは素敵ね。そのコンセプトだと、素材の選び方が重要になりそうだけど、何を使うつもりなのかしら？」

「エルメタルを使おうと思ってるんだ。魔力を効率的に伝えられるからね」

母上とロバートの後押しを受け、僕は早速製作に取り掛かった。

今回の目標は、農作業を効率化するための魔道具だ。収穫の手間を減らして、肉体の負担を軽減できるような装置を考えた。

魔道文字の配置や素材の組み合わせを慎重に考えながら製作を進めていく。浮力を制御するためには、魔力の流れを均等にすることが重要だ。

台車型の試作品が完成し、庭で動作テストを行った。

魔道具に魔力を込めると、台車が浮き上がり、スムーズに動き始めた。

「これなら運搬がかなり楽になるはずだ！」

しかし、実際に作物を載せてみると、浮力が強すぎるからかバランスが取りにくく、姿勢が安定しない問題が発生した。

「くそ……どうすればバランスを取れるんだ？」

頭を抱えていると、アレクシス兄さんが様子を見にやってきた。

「エルヴィン、何を作ってるんだ？」

「農作業用の魔道具だよ。でも、浮力が強すぎて作物が跳ねちゃうんだ」

「それなら、重さを量る仕組みを追加すればいいんじゃないか？」

兄さんの提案を聞き、目の前の霧が晴れた気がした。

「確かに！　重さを感知して浮力を調整する機構を加えれば、安定するかも」

兄さんたちの助けを借りながら修正を重ね、ようやく完成品ができあがった。

早速家族を庭に呼んで、新しい魔道具を披露することにした。

庭に集まったみんなの前で装置を動かしてみせる。

「この台車型の魔道具は、作物を浮かせて軽い力で効率的に運べる装置です。魔力で重さを感知し、バランスを取ることで、作物が落ちないようにしています」

装置が滑らかに作動する様子を見て、家族が驚きの声を上げた。

「すごいわ、エルヴィン！　こんなものがあれば領民も大助かりね」

母上が目を輝かせて感想を述べ、父上も満足げに頷いている。

「これなら農作業が格段に効率化するな」

家族の笑顔や領地への貢献を感じられたことが何よりも嬉しくて、次はもっと多くの人の役に立つ魔道具を作ろうと、僕はさらなる成長を誓ったのだった。

◇

夏季休暇の穏やかな日々が続く中、今日はリリィと一緒に過ごすことにした。

シュトラウス家の末娘であるリリィは天真爛漫《てんしんらんまん》で、みんなを自然と笑顔にしてしまう愛らしい存在だ。

「にいちゃん、今日はリリィと遊んでくれる？」

朝早く、僕の部屋に駆け込んできたリリィが、目を輝かせながら尋ねてきた。

「もちろんだよ。リリィは何をしたい？」

「えっとね、お外で一緒にお花を探したり、にいちゃんの作ったものを見せてもらったりしたいの！」

その無邪気なリクエストに、僕は微笑みながら頷いた。

「じゃあ、庭に行こうか」

僕はリリィの手を取り、広々とした庭へ向かった。

庭に出るとすぐに、リリィが大きな声で楽しそうに笑いながら走り回った。

「にいちゃん、見て！　このお花、きれいだよ！」

彼女が見つけたのは、白く輝く小さな花だった。僕もしゃがみ込み、その花をじっと見つめた。

「本当だね。これは『ルミナフラワー』っていうんだ。夜になると光る不思議な花なんだよ」

「わあ！　夜にも見たいな！」

リリィが目を輝かせる姿を微笑ましく眺めていると、母上が庭に現れた。

「エルヴィン、リリィと楽しそうね」

「母上。今日はリリィと一緒に過ごそうと思って」

それを聞いて、母上が微笑みながらリリィの頭を撫でる。

「リリィ、お兄ちゃんとたくさん遊んでいるの？」

「うん！　にいちゃんがいっぱい教えてくれるの！」

母上は僕に向きなおって、感謝の言葉を口にした。

「エルヴィン、リリィの好奇心を育ててくれて、ありがとうね」

「ううん、僕も楽しいから！」

僕は家族の温かさを改めて感じた。


午後は作業場に行って、リリィに僕が最近学院で作った魔道具を見せることにした。

彼女が一番興味を持ったのは、先日作った携帯型の浄水器だった。

「これ、すごいね！　どういう道具なの？」

「これは魔力でお水をきれいにする道具なんだ。汚れた水でも飲めるようになるんだよ」

「すごい！　いろんな人の役に立つね！」

そのまま作業場を案内していると、今度はリリィが机の上にある作りかけの魔道具を指差した。

「にいちゃん、これは何作ってるの？」

「新しい魔道具だよ。今は設計図を書いているところなんだ」

「リリィもお手伝いしたい！　作ってるところ、見せて！」

「ありがとう。でも、今日は見ていてくれるだけで十分だよ」

僕が実際に作業してみせると、リリィはしばらく真剣にその様子を眺めていた。そして、ぽつりと呟く。

「リリィも大きくなったら、にいちゃんみたいにすごい魔道具を作る人になりたいな」

その言葉に胸が熱くなった。

「リリィならきっと立派な魔道具職人になれるよ。一緒に頑張って、まずは少しずつ学んでいこうね」

「うん！」

リリィの無邪気な笑顔を見ながら、僕は彼女の夢を全力で応援しようと心に決めた。

夕暮れ時、作業を一段落させた僕は、リリィと並んで庭のベンチに座って空を眺めていた。

「にいちゃん、また一緒にお花を探したり、にいちゃんの作ったもの見せたりしてね！」

「もちろんだよ。リリィがいつでも頼ってくれるなら、僕ももっと頑張れる」

「えへへ、リリィね、にいちゃんのことが大好き！」

僕は微笑みながらリリィの頭を撫でてやる。

「僕もリリィが大好きだよ」

この穏やかな時間が、僕にとって何よりも大切な宝物だと感じた。

◇

リリィと一緒に過ごした翌日、僕は彼女のために特別な魔道具を作ることに決めた。リリィの無邪気な笑顔が僕にとってどれほど大きな支えになっているのか、その感謝の気持ちを形にして伝えたかったのだ。

朝、作業場で設計図を描きながら、リリィが喜びそうなものを考えた。

「リリィに合うものって、どんな魔道具だろう？」

しばらく悩んだ末に思いついたのは、夜空の星を模した光を映し出す、プラネタリウムのようなランタンだった。

庭で見つけたルミナフラワーみたいに、柔らかな光で部屋を満たし、まるで星空の中にいるような幻想的な空間を作り出す。そんな魔道具を贈れば、彼女に穏やかな時間を届けられる気がした。

「まずはランタンの本体を作らないと」

僕は作業机にエルメタルを載せ、光を制御するための魔道文字を刻み始めた。光が柔らかく広がるように、円形の模様を細かく描いていく。

「ここでフロストウッドを使って、外装に花の形を彫刻しよう」

フロストウッドは加工がしやすく、仕上がりが美しい素材だ。丁寧に彫り進めながら、リリィが笑顔でこのランタンを手にする姿を想像していた。

昼頃、母上が作業場を訪ねてきた。

「エルヴィン、何を作っているの？」

「リリィへの贈り物を作っているんだ。夜空を映し出すランタンを作ろうと思っていて」

母上は少し驚いたように目を丸くして、そのあとで優しい微笑みを浮かべた。

「素敵ね。リリィもきっと喜ぶわ。でも、あの子はまだ幼いから、操作は簡単な方がいいと思うわよ」

「うん。最小限の操作で済むように、魔力を流すだけで動くようにしてみるよ」

母上の助言を胸に刻み、僕はさらに作業を進めた。


日が沈んで少し暗くなった頃に、『星空ランタン』が完成した。ランタンの中央に魔力を込めると、天井に小さな星々が広がり、部屋全体が幻想的な空間に包まれる。

「よし、これならリリィも喜んでくれるはずだ」

星空ランタンを手に取り、僕はリリィの部屋へ向かった。

「リリィ、これを見てみて」

僕がランタンを点灯させると、リリィは目を輝かせて天井を見上げた。

「わあ！　お部屋が星空になったみたい！　すごいね、にいちゃん！」

リリィは興奮と喜びでの声を上げる。

「リリィ、これをプレゼントするよ。夜、お部屋で星を見ながらリラックスしてね」

「ありがとう！　リリィ、お母さんたちにも見せてくる！」

リリィはランタンを両手で抱えると、家族のいる居間へ駆け出していった。

「これ、すごくきれいだよ！　お父さん、お母さん、見て！」

「リリィ、それはエルヴィンが作ったのか？」

父上が驚いた様子で問いかけると、リリィは嬉しそうにランタンを差し出す。

「うん！　にいちゃんが作ってくれたの！　お部屋が星空みたいになるんだよ！」

彼女はそう言って、星空ランタンを実演してみせる。

「ほう、これは見事だな。良かったな、リリィ」

「エルヴィン、リリィがこんなに喜んでいるなんて、素敵な贈り物を作ったわね」

父上は感心した様子で星空を眺め、母上は笑顔で僕に言った。

「ありがとう、母上。リリィが気に入ってくれて嬉しいよ」

ランタンが作り出した星空をうっとりと眺めながら、リリィが呟く。

「にいちゃん、この星空、リリィの宝物だよ」

「リリィがそう言ってくれるなら、作った甲斐《かい》があったよ。これからも、もっとすごい魔道具を作るから、楽しみにしててね」

「うん！　リリィ、にいちゃんのことずっと応援する！」

リリィは家族みんなに自慢げにランタンを見せながら、いつまでも楽しそうに話を続けた。

◇

夏季休暇も終わりに近づき、学院に戻るときが来た。

その日の朝、家族全員が食堂に集まり、久しぶりにみんなで朝食を楽しんだ。

「エルヴィン、休暇でリラックスできたか？　学院に戻ったら、またしっかり学んで、精進《しょうじん》しなさい」

父上が穏やかな声で話しかけてくれる。

「はい、父上。しっかり気持ちを切り替えて、勉学に集中します」

母上も微笑みながら言葉を添える。

「エルヴィン、体に気をつけてね。リリィも……お兄ちゃんに言いたいことがあるんじゃない？」

母上に促されて、リリィは少し恥ずかしそうに顔を赤くしながら僕を見上げた。

「にいちゃん、帰ってきたらまた遊ぼうね！　お星さまのランタン、毎晩使ってるんだよ！」

「ありがとう、リリィ。また帰ってくるまで、良い子にしていてね」

続いて、アレクシス兄さんが頼もしい声で僕を激励する。

「エルヴィン、学院に戻っても頑張れよ。俺たちも領地を守るために努力を続けるから、お前も立派な発明家になって戻ってこい」

「何か困ったことがあれば、いつでも相談しろよ。僕たちは家族だ」

リヒャルト兄さんは僕の肩を軽く叩いて元気づけてくれた。

「ありがとう、兄さんたち。僕ももっと成長して帰ってくるよ」

その後、僕は部屋に戻り、前日にまとめておいた荷物のチェックをした。ロバートが手伝ってくれたので、出発の準備はすぐに整った。

馬車の準備が整うと、家族全員が門まで見送りに来てくれた。

「エルヴィン、学院での生活を楽しみなさい。そして、新しい発明をどんどん試していくのよ」

母上が優しく声をかけてくれた。

「エルヴィン、領地のことも忘れないようにな。学院で得た知識をここに還元する日を楽しみにしているぞ」

父上の言葉には期待と信頼が込められていた。

リリィは目を潤《うる》ませながら手を振る。

「にいちゃん、早く帰ってきてね！」

「もちろんだよ。次に帰るときには、もっとすごい魔道具を持ってくるから、楽しみにしてて」

ほどなくして車が動き出し、見送る家族の顔が徐々に遠くなっていく。

窓の外に広がる風景を眺めながら、僕は胸の中で誓いを立てた。

「学院に戻ったら、家族の役に立つ発明をもっとしよう。そして、領地の人々の生活をより良くする方法を見つけたい」

学院での学びをさらに深めて、次に帰省するときにはさらに成長した自分を見せる。それが今の僕にできる家族への恩返しだ。

馬車の進む音が耳に心地よく響く中、僕は次の挑戦に向けて意欲を燃やしていた。

## 新学期と魔道工学の挑戦

カレドリア学院に戻ると、懐かしい空気と賑やかな雰囲気が僕を迎えてくれた。門をくぐった瞬間、レオンが満面の笑みを浮かべながら声をかけてきた。

「エルヴィン、久しぶりだな！」

カトリーヌとリヴィアもこちらに気づいて駆け寄ってくる。

「エルヴィン様、夏季休暇はいかがでしたか？」

「長い休暇でしたが、お元気に過ごされましたか？」

「家族と楽しい時間を過ごせたよ。みんなの休暇はどうだった？」

それぞれの夏季休暇の話で盛り上がりながら、僕たちは新学期への期待を胸に教室へと足を踏み入れた。

「さて、生徒諸君」

オリバー先生が教壇に立ち、手元の資料を広げながら話し始めた。

「新学期初日の今日は、魔道工学における応用技術の授業を行う。自分でアイデアを出し、それを形にすることを目標に、各自で魔道具を製作してもらう」

教室に緊張と興奮が広がる。僕たちはそれぞれの席に座り、早速作業に取り掛かった。

僕は、魔力を効率よく蓄えられるコンパクトな『魔力《まりょく》バッテリー』の製作に挑戦することにした。

魔道具は基本的に使うたびに魔力を込める必要がある。モバイルバッテリーみたいな仕組みがあれば、より長時間魔道具を起動していられるようになるだろう。魔力消費の多い暖房具、あるいは保持できる魔力量が少ない小型魔道具などを使用する際に、より便利になるはずだ。

「エルヴィン様、これを使えば、蓄積効率がさらに向上するかもしれません」

リヴィアが隣の席で、僕の設計図を覗き込みながら素材を差し出してくれる。

「ありがとう、リヴィア。それなら、この部分に組み込んで試してみるよ」

彼女も自分の課題に取り組んでいた。リヴィアの目の前には、小型の温度調整装置が置かれている。

「リヴィア、その装置はどんな仕組みなの？」

「これは魔力を使って温度を一定に保つ道具です。保存が難しい素材を保管するために役立てるつもりなんです」

「すごい！　完成したらぜひ見せてほしいな」

レオンは剣術訓練用の動作記録装置の改良に取り組んでいるらしく、僕にアドバイスを求めに来た。

「エルヴィン、この動きを正確に記録するために、どこを調整すればいいと思う？」

「ここだね。この魔道文字をもっと細かく配置すると、動作データがより正確に取れると思うよ」

一方、カトリーヌはデザイン性に優れたランプを製作中だった。

「この魔道具は、光の明るさだけでなく、色合いも調整できる仕組みにしていますの。社交パーティなどで雰囲気を演出するのにぴったりですわ」

それぞれが自分の強みを活かした発明に取り組む姿は、僕にとっても刺激になる。

授業の終わりに、僕たちは自分の成果を発表することになった。

まずはリヴィアが、自信に満ちた声で説明を始めた。

「こちらは温度調整装置です。保存が難しい素材を適温に保つために設計しました。魔力を効率よく循環させることで、一定の温度を維持できる仕組みになっています」

彼女の装置を試したオリバー先生が頷きながら講評した。

「見事だ、マルティーヌさん。この装置は、商人たちにとって非常に有用だろう。長時間稼働させるための工夫を加えると、さらに良くなるだろう」

次にレオンが改良した動作記録装置を披露し、カトリーヌが美しいランプの機能を説明した。どちらも素晴らしい出来栄えで、教室は拍手で包まれた。

順番が回ってきて、僕は魔力バッテリーについて説明する。

「この魔道具は、魔力を蓄える効率を高めるために設計しました。複数の魔力鉱を連結して、消費を抑えつつ、長時間動作できる仕組みです」

先生は装置を慎重に観察しながら言った。

「素晴らしい発想だ、シュトラウス君。実用性が高く、さまざまな場面で応用できるだろう。ただし、魔力鉱の消耗については改善の余地がある」

授業後、リヴィアと僕が感想を語り合っていると、レオンが話に加わってきた。

「エルヴィン様、今日の魔道具もとても面白かったです」

「ありがとう、リヴィア。君の温度調整装置もすごく実用的だったよ」

「エルヴィン、次は俺の動作記録装置と組み合わせられるものを作ってくれよ！」

「面白そうだね！　今度考えてみるよ」

仲間たちの変わらぬ笑い声に、僕は新学期が始まったことを改めて実感したのだった。

◇

新学期が始まって数日が経った頃。学院ではさらなる発展を目指して、新しい課題が発表された。

今回からチームでの共同製作という、新たな取り組みが始まる。僕たちは班を組み、それぞれの特性を活かして一つの魔道具を作り上げることになった。

「各班で協力して、一つの魔道具を完成させてもらう。テーマは『日常生活を便利にする魔道具』だ」

オリバー先生が黒板に課題の詳細を書きながら説明を続ける。

「この課題では、個人の技術だけでなく、チームでの連携力も評価対象になる。各々、自分の得意分野を活かしながら製作に取り組むように」

生徒たちはそれぞれ班を組むために集まり、僕はレオン、カトリーヌ、リヴィアと同じチームになった。

「実は、以前から考えていたものがあるんだ」

僕が切り出すと、全員が注目した。

「空気を清浄しながら、香りや湿度を自動調整する魔道具を作りたいと思っている。これがあれば、部屋の空気を常に快適に保てると思うんだ」

「なるほど、それは便利そうだな！」

レオンはすぐさま僕の意見に賛同してくれた。

「長時間稼働が前提になりそうですから、魔力を効率よく使う仕組みと素材を考えなければなりませんね」

「リヴィアの言う通りだ。だから、みんなの力を貸してほしい」

僕の呼びかけに、カトリーヌが大きく頷く。

「私はデザイン面を考えますわ。使いやすさと見た目の美しさは大事ですもの」

こうして、僕たちは全員でこの挑戦に取り組むことを決めた。

まずは設計図の作成からだ。空気を浄化するための魔力フィルターを中心に据え、香りや湿度を調整する機能を追加する。

「この魔道文字の配置、もっと効率的にする方法があると思いますわ」

カトリーヌが指摘し、リヴィアが補足する。

「ここにルミナフラワーのオイルを使うと、魔力の流れがスムーズになり、フィルターの浄化性能が向上しますわ」

レオンは耐久性を高める素材選びに没頭していた。

「なあ、エルヴィン……このフロストウッドとエルメタルに加えて、『クリアクオーツ』を使ったらどうだ？　魔力を安定させる特性があるし、長時間の使用にも耐えられるはずだ」

「クリアクオーツか……良い素材だね。それをここに組み込もう」

作業が進むにつれ、問題がいくつか浮上した。空気の浄化速度が遅かったり、香りが均一に広がらなかったりといった課題だ。

「これじゃ実用にはほど遠い……」

僕が悩んでいると、リヴィアが新しい案を提案してくれた。

「エルヴィン様、この『サンライトストーン』を追加してみてはいかがでしょう？　この石は自然光に似た穏やかなエネルギーを発生させるので、香りの拡散がより自然になります」

「それは良い！　早速試してみるよ」

試行錯誤を繰り返し、なんとか授業時間内に装置が完成した。

僕たちはその魔道具の名前を決めるために顔を突き合わせていた。

「せっかくだから、装置にぴったりの名前を付けたいよね」

僕が言うと、レオンが即座に提案してきた。

「『空気清浄機《くうきせいじょうき》』って、そのまんまでいいんじゃないか？」

「それでは少し味気ないですわね。もっと素敵な名前を考えましょう」

カトリーヌの提案を受けて、リヴィアが思案顔で口を開いた。

「香りと湿度と空気を整える機能を考えると、『アロマクリーン』というのはいかがでしょう？」

「それもいいけど、もう少し清涼感《せいりょうかん》がある響きが欲しいな」

僕たちは意見を交わしながら考えを巡らせた。しばらくして、僕はアイデアを思いついた。

「『クリーンブリーズ』はどうかな？　清浄さと心地よい風をイメージできると思うんだけど」

「それは素晴らしいですわ！」

カトリーヌが賛成し、リヴィアも頷いた。

「確かに装置のイメージにぴったりですね」

「よし、それで決まりだな！」

こうして、僕たちの魔道具はクリーンブリーズと名付けられた。

授業の最後に、僕たちは完成品を披露するために教室の前に立った。

「こちらは、空気清浄機能を備えたクリーンブリーズです」

僕が説明を始めると、教室が静まり返り、みんなが装置に注目した。

「この装置は、空気を清浄にしながら、香りと湿度を自動で調整します。魔力を少量供給するだけで、部屋全体を快適に保つことが可能です」

装置を起動すると、教室内の空気がすっきりし、心地よい香りが漂い始めた。教室全体が感嘆の声で包まれる。

「すごい！　なんだか気分がすっきりするね」

「これなら家でも使いたいな！」

生徒たちの意見に頷きながら、オリバー先生が講評を述べる。

「非常に実用性が高く、日常生活を豊かにする発明だ。これは魔道具だからこそ実現できる機能と言えるだろう。チーム全員の力が見事に融合しているのも見事。さらなる改良に期待しているぞ」

先生の評価を聞いて、僕たちはクリーンブリーズの成功を喜び合った。

「エルヴィン様、この装置本当に素晴らしい出来栄えです！」

リヴィアは感激した様子でそう言った。

「リヴィアの提案がなかったら完成しなかったよ。ありがとう。それに、カトリーヌさんの操作性を考えたデザインもすごく役立ったし、レオンくんも素材選びで大活躍だったね」

僕の言葉に応えて、レオンがニヤリと笑う。

「ま、俺たちのチームワークの勝利ってやつだな。次もまたやろうぜ！」

仲間たちと切磋琢磨しながら、僕の学院生活はますます充実していった。

◇

チーム製作の課題を終え、次の段階として個人研究が始まった。

それぞれの生徒が自分の興味や得意分野を追求し、新たな発見や発明に取り組む時間だ。

「エルヴィン、個人研究では何をするんだ？」

レオンが休憩時間に尋ねてきた。

「今回は、家の中で便利に使える『簡易調理補助器《かんいちょうりほじょき》』を作ろうと思っている。たとえば、食材の切り分けや混ぜ合わせとかを魔力で自動化する装置だよ」

「良いじゃねえか！　俺は剣術用の補助装置を改良するつもりだ」

レオンに続いて、リヴィアも自分のテーマを語った。

「私は、植物の成長を促す魔道具を作りたいですわ」

「それはいろいろなところで役立ちそうだね。僕の故郷なんかでも、農業を効率化するために使えそうだよ。カトリーヌさんは？」

僕が尋ねると、カトリーヌはデザインスケッチを見せながら説明してくれた。

「私は、パーティで使える光の演出装置のさらなる改良を考えていますの。雰囲気作りにぴったりなものを目指しますわ」

それぞれが目標を語り合いながら、僕たちは新たな挑戦に向けて準備を始めた。

僕は実験室に移動して、簡易調理補助器の設計を進めた。

食材を魔力でスキャンし、適切な切り分けや混ぜ合わせを行う仕組みを考える。

「ここに魔力の安定化装置を組み込めば、動作がスムーズになるはずだ」

作業に集中していると、リヴィアが近づいてきた。

「エルヴィン様、この部分にフロストウッドを使えば、軽量化と耐久性が向上すると思います」

「ありがとう、リヴィア。それで試してみるよ」

リヴィアの助言を受けて、僕はさらに細かい調整を進めていく。

しかし途中、試作機が魔力過剰で暴走し、実験室が騒然《そうぜん》とする事態が発生した。

「エルヴィン！　何が起きたんだ？」

レオンが驚いて声を上げる。

「魔力の流れが偏ったみたいだ。制御系を修正しないと！」

慌てて調整を行い、なんと暴走を収束させることができた。リヴィアとカトリーヌも手伝ってくれて、みんなで問題の原因を探る。

「ここで魔力の流れがループしていますね。この部分の魔道文字を簡略化すれば、安定すると思います」

「それでいこう！」

リヴィアの指摘を参考にして作業を再開し、僕たちはようやく試作機の動作を安定させた。

「これでやっと基盤が完成したね」

「エルヴィン、次は俺たちも味見するから、うまいもん作れよ！」

レオンの冗談に笑いながら、僕たちはそれぞれの研究をさらに深めていった。

◇

あれから一週間。個人研究が進む中、僕は簡易調理補助器の改良に没頭していた。家庭でも手軽に使えるようにするため、装置のサイズや動作をさらに調整しなければならない。

「この部分の動作がまだぎこちないな……」

実験室で装置を動かしながら、僕は動作の改善点を見つけた。

食材をスキャンする機能が特に不安定で、適切な切り分けができないことが問題だった。

「エルヴィン様、ここにクリアクオーツを使えば、スキャン精度が向上すると思います」

リヴィアが助言をくれる。クリアクオーツは魔力を安定させる特性があり、複雑な動作を支えるのに適している。

「それは良いアイデアだね。試してみるよ」

装置にクリアクオーツを組み込み、動作を再確認すると、スキャン精度が格段に上がった。

動作が安定したら、次に目指すのは多機能化だった。それについて、レオンが意見を述べる。

「食材の切り分けだけじゃなく、簡単な加熱機能も加えられたら便利になるんじゃないか？」

「それは面白いね。ただ、熱の伝達をどう制御するかが課題だな」

「その場合、熱伝導性の高い素材を使えばいいと思います。マギステライトを組み込めば、魔力で発生させた熱を効率よく食材に伝えられます」

リヴィアによると、マギステライトは魔力を効率よく集中させる特性を持ち、過剰な魔力による道具の損傷を防ぐ効果もあるため、調理用魔道具には理想的な素材だった。

「良いね！　早速取り入れてみよう」

以前作った多機能型加熱器の構造や機能も参考にして、調理補助器と機能を統合していく。

装置を改良していく中で、僕の中に新たな視点が生まれた。

「これ、領地の人たちにも役立つんじゃないかな？」

僕の呟きを聞いたレオンが首を捻る。

「どういうことだ？」

「たとえば、険しい山や寒い冬の日に、簡単に調理できる魔道具があれば助かると思うんだ。この装置なら、鉱山で働く人たちや屋外で働く職人たちにも役立つはずだよ」

「確かにな。北部辺境じゃ、寒さや雪嵐の中で働く人も多いからな。こういう魔道具で出来立ての料理が食べられれば、作業の効率は上がるよな。それに、日常生活も楽になる」

レオンが言った通り、険しい山岳地帯と広大な森林が広がるシュトラウス領の労働環境は過酷《かこく》だ。彼らの生活を思い浮かべながら、この装置がどれだけの人々の助けになるかを考えた。魔道具を通じて領民たちの暮らしを少しでも楽にしたいという思いが、僕の胸に一層強くなった。

◇

それからも多くの改良を重ねて、装置はほぼ完成に近づいていた。

最終的なテストを行うため、僕たちは実際に食材を使った動作確認をした。

「よし、スキャン開始！」

魔道具が動き始め、食材を正確にスキャンして切り分けていく。

次に、マギステライトによる加熱機能が作動し、適切な温度で食材を調理していく。

「すごい！　これなら実用化できそうだな」

レオンが感心した様子で身を乗り出し、カトリーヌも満足げに微笑む。

「本当に素晴らしいですわ、エルヴィン様。シュトラウス領だけでなく、学院や都市部でも需要がありそうですわね」

様子を見に来たオリバー先生も、この魔道具に太鼓判を押してくれた。

「シュトラウス君、これは本当に生活様式を一変させる可能性を秘めている。さらなる改良を進めてみてはどうだろうか？」

オリバー先生の言葉に、僕の中で新たな目標が生まれた。

「はい、先生。もっと多くの人に役立つように、改良を続けます」

後日、完成した装置を学院で発表すると、多くの生徒や先生から称賛の声が届いた。

学院生活の中で学ぶことは尽きない。そして、その知識をシュトラウス領や国に還元することが、僕の目指す道だと改めて感じた。

◇

学院での充実した日々は過ぎ、いつの間にか木々は色づき、少しずつ葉を落とし始めていた。冷たい風が頬を撫で、冬の訪れを予感させる。

朝の授業を終えた後、僕は学院の図書館で調べ物をしていたが、窓から見える風景にふと目を止めた。

「じきに冬季休暇か……久しぶりに家族のみんなに会えるのが楽しみだな。でも、家に帰る前に何か特別なものを作って、みんなを驚かせたいな」

僕は思わず微笑みながら、持っていたノートを開いて、新しいアイデアを書き留め始める。

寒い冬を快適に過ごせる魔道具。

たとえば、部屋全体を効率的に暖める装置や、寒さを防ぐ携帯型の防寒具などが浮かんだ。

「でも、家族みんなが使えるものがいいな……」

そんなことを考えていると、リヴィアがやってきて、僕の隣に座った。

「エルヴィン様、何か考え事ですか？」

「実家に帰る前に、何か冬を快適にする魔道具を作りたいんだ。たとえば、部屋全体を暖める装置とか」

「それは素晴らしいです！　でも、それならむしろ、携帯型でどこにいても暖かくなれるものもいいのではありませんか？」

リヴィアの助言を聞き、僕は目を見開いた。

「それだ！　携帯型の『ヒートジェネレーター』みたいなものを作ろう！」

翌日、僕はレオンたちと実験室に集まり、早速製作に取り掛かった。

装置の基本的な仕組みは、魔力を利用して発熱体を加熱し、効率よく熱を広げるものだ。十分に暖かく、それでいて火傷《やけど》しないように繊細な温度管理が要求される。

「この部分にマギステライトを組み込めば、魔力の効率がさらに上がるはずだ」

僕が設計図に配置を描き込むと、カトリーヌが補足した。

「それなら、外装にはフロストウッドを使えばいいですわ。軽量で耐熱性にも優れていますもの」

「いいね！　軽ければ持ち運びもしやすくなる」

一方、レオンは実用性を重視して、別の視点を提案してきた。

「でも、雪嵐の中でも使えるように、防風の仕組みも考えたほうがいいんじゃないか？」

「それは確かに必要だね。じゃあ、この部分に防風魔法を追加しよう」

何度も試行錯誤を繰り返し、装置は徐々に形になっていった。最初の試作では、熱が安定せず、持ち手が熱くなってしまう問題が発生した。

「これじゃ危なくて使えないな……」

僕が悩んでいると、リヴィアが新しいアイデアを出してくれた。

「持ち手の部分にクリアクオーツを使えば、熱伝導を防ぎつつ魔力の流れを安定させられると思いますよ」

「ありがとう、リヴィア。それで試してみよう」


改良を重ねた結果、ついにヒートジェネレーターが完成した。

手のひらサイズで、寒さの厳しい環境でも周囲を快適に暖めることができる魔道具だ。

完成品を手に取った僕は、家族にこれを見せるのが待ち遠しくなった。

「エルヴィン、これならお前の領地でも大活躍だな！」

レオンが笑顔で言う。

「そうだね。特に寒さの厳しい冬には、領地のみんなにとっても役立つはずだよ」

「エルヴィン様のご家族も、これを見たらきっと喜ぶと思います……」

リヴィアの言葉に、僕は思わず笑みをこぼした。

「次はもっと多機能なものに挑戦しようかな。これができたのも、みんなの助けがあったからだよ」

学院の庭園から冬の空を眺めながら、僕は新たな目標に向けて胸を躍らせた。

◇

学院生活にも慣れ、冬季休暇を控えたある日、新たなイベントが発表された。それは、魔道工学の授業で初めて行われる試験だった。

オリバー先生がいつも通りの穏やかな口調で生徒たちに告げる。

「次回の授業では試験を行う。この試験は君たちが学んできた知識や技術をどれだけ理解し、実際に応用できるかを見るためのものだ。課題はその場で発表するから、それに応じた魔道具を一定時間内に製作してもらう。もちろん、評価は完成度だけではなく、発想力や課題への取り組み方も含まれる」

教室内には緊張感が漂い、生徒たちの表情が引き締まった。


そして試験当日、僕たちは学院の広い実験室に集められた。

各自の作業台には必要な素材や工具が揃えられている。

オリバー先生が課題を発表した。

「今回のテーマは、『災害時に役立つ魔道具』だ。何を作るかは自由だが、実用性と応用力を重視すること。制限時間は三時間。では、始めなさい」

課題を聞いた瞬間、僕の頭の中に一つのアイデアが浮かんだ。

災害時は情報伝達が最も大切だ。だったら、魔力を使ったラジオのような装置を作れば、避難指示や重要な情報を迅速に伝えられるはずだ。

そんなコンセプトを立てて、僕は装置の構成を考えた。

魔力を使って遠距離の音声を受信し、それを変換して出力する仕組みだ。

まずは、魔力を音に変える仕組みを作るところから始めよう。

必要な素材を選びながら、僕は魔道文字の配置を慎重に調整した。音声の受信部分にはクリアクオーツを使い、魔力を安定させてノイズを抑える工夫を施した。

マギステライトを使って魔力の流れがスムーズにすれば、受信精度が上がるはず……

そんな試行錯誤を繰り返し、次第に装置の形が整っていった。

実験室では、他の生徒たちもそれぞれの課題に取り組んでいた。

レオンは崩れた建物から人を助け出すための小型搬送機を作っているようだ。

それぞれが独自のアイデアで課題に挑んでいる姿に、僕も自然と力が湧いてきた。

三時間経ち、僕の魔道具『マジックレシーバー』はなんとか時間内に完成した。

「それでは、試験時間は終了。各自の作品を発表してください」

先生の指示で、一人ずつ自分の装置を披露することになった。

「これはマジックレシーバーです。魔力を音声信号に変換することで、遠隔地からの情報を受信し、音として伝えます。これがあれば、災害時に避難指示や連絡がスムーズに行えるようになります」

装置を起動すると、遠くからの音声がクリアに再生された。教室全体が感嘆の声で包まれる。

オリバー先生が頷きながら講評を述べた。

「災害時に必要な情報を迅速に届けるという発想が素晴らしい。実用性と完成度、どちらも申し分ない」

時間内に仕上げるという試験には、普段とは違う難しさがあった。素材加工など、後工程の時間配分を設計段階からイメージしておくことの大切さを学ぶ機会になった。

試験を終えて学院の庭園に出ると、冷たい風が肌を刺し、冬の訪れを一層感じた。

僕たちはそれぞれの成果について語り合いながらゆったりとした時間を過ごしていた。

「エルヴィン、お前のマジックレシーバーは本当にすごかったな！」

レオンが目を輝かせながらそう言った。彼の言葉に少し照れくささを感じつつも、僕は素直《すなお》に感謝を示す。

「ありがとう。けど、レオンくんの小型搬送機もかなりのものだったよ。あれ、瓦礫《がれき》の下敷きになった人を救うときにすごく役立ちそうだね」

レオンは軽く笑いながら肩をすくめた。

「まあな。でも、俺のはあくまで力任せなところがあるからな。エルヴィンみたいな発想力がもっとあれば、もう少し洗練されたものが作れたかもしれない」

謙遜するレオンに対し、カトリーヌが静かに自分の意見を言う。

「レオン様の装置はとても実用的ですわ。私、思わず感動してしまいました。瓦礫の中で動く様子を想像しただけで、どれだけ多くの命を救えるかが分かりますもの」

レオンが少し照れたように頭を掻いた。

「そりゃ、ありがとな。そういえば、他の生徒たちも結構面白いものを作ってたよな」

試験の課題は一つだったけれど、生徒それぞれの作品には多様なアイデアが詰まっていて、僕自身も刺激を受けた。

たとえばある生徒が作った『魔力《まりょく》コンデンサ』。僕の魔力バッテリーに近いコンセプトだが、こちらは災害発生時など、緊急で魔道具を使用する際に魔力を急速に充填・供給するためのものだ。魔力を効率よく管理できる仕組みが特に印象的だった。

また、建物の倒壊を防ぐための強化魔法を発動する装置を作った生徒もいた。崩壊の兆候《ちょうこう》を感知して自動的に魔法を展開するという仕組みが画期的な装置だ。

「エルヴィン、こういう試験、もっと頻繁にやってほしいよな。みんなの作品を見るだけでもすごく参考になるし、やる気も出る」

レオンがそう言うのを聞いて、僕も頷いた。

「本当だね。みんなの発想に触れると、自分にはなかった視点をたくさん学べる。これからもいろんな機会を通じて、新しいアイデアを形にしていきたいな」

僕たちは庭園の片隅でしばらく話し続けた。

試験を通じて得たのは、作品を完成させたという達成感だけではない。他の生徒たちの発想に触れ、新たな視点を手に入れることができたのだ。

「次はどんな課題が来るか分からないけど、そのときは今回以上に良いものを作りたいね」

そう言いながら、僕は空を見上げた。冬の空はどこまでも澄《す》んでいた。

◇

試験を終え、日常の授業が再開した。生徒たちはそれぞれの研究や製作に戻りつつも、試験で得た知識や経験をどのように活かすかを考え始めている。

僕も例外ではなく、授業の合間や空いた時間を使って、次の魔道具製作の計画を練っていた。

「エルヴィン、何か新しいアイデアでも考えてるのか？」

レオンが隣の席から声をかけてきた。彼は机に肘をつきながらこちらを窺《うかが》う。

「うん、少しだけね。災害時に役立つ装置のアイデアをもっと発展させたいと思っているんだ。試験で作ったマジックレシーバーをもとにして、双方向通信ができるように改良しようかなって」

「双方向通信？　それって、送り手と受け手の間で話ができるってことか？」

「そうだよ。たとえば、避難指示を聞くだけじゃなくて、被災地から状況報告をできるようにするんだ」

レオンは目を輝かせて拍手した。

「さすがエルヴィン、また一歩先を行くアイデアだな！　俺も負けてられねぇ。今度はもっと高性能な搬送機を作るつもりだ」

そんな話をしていると、カトリーヌとリヴィアも加わった。

「エルヴィン様、遠距離への魔力の伝達では出力減衰にどう対処するかが特に重要ですわ」

「その通りです。たとえば、中継器のような仕組みを取り入れることで、魔力を効率よく使えるかもしれません」

カトリーヌとリヴィアのアドバイスを聞き、僕は早速ノートにメモを取り始めた。彼女たちの指摘はどれも的確で、実現性を高めるための大きなヒントになった。

「ありがとう、二人とも。参考になる意見ばかりだよ」

「私たちもエルヴィン様の発想力を見習いたいです……少しでもお力になれるように」

リヴィアが少し頬を赤らめながら言う。カトリーヌも柔らかい微笑みを浮かべて頷いた。

◇

そんな日々が続く中、学院の掲示板に冬季休暇に関するお知らせが貼り出された。冬の訪れと共に、学院は一定期間の休暇に入るのだ。

「いよいよ冬季休暇か。お前、家族には何かお土産を用意するのか？」

レオンの問いかけに、僕は少し考え込んだ。

「そうだね……せっかくだから、今回の試験で作った装置を改良して、家族に見せたいと思ってる。特に父上や母上には僕の成長を実感してもらいたいからね」

「良いじゃねえか！　俺なんか、帰ったらまた母ちゃんに『しっかり食え』って言われるだけだろうな」

レオンが大げさにため息をつく姿を見て、僕たちは思わず笑ってしまった。

休暇前、学院では次の学期に向けた準備や、生徒たちが各自の計画を立てる様子が見られる。僕もその一人として、家族に会うまでの間に少しでも装置を改良して、実用性を高めたいと思っていた。

僕は図書館にこもり、さらに新しいアイデアを模索していた。

参考になる本を探していると、魔力の効率的な伝達に関する古い研究書に目が留まった。

「これだ……この方法を応用すれば、通信の魔道具に取り入れられるかもしれない」

魔力を複数の小さな流れに分散させ、それらを再び一点に集約する仕組み。これなら双方向通信だけでなく、同時に複数人が情報をやり取りできる可能性も生まれる。

「うん、これは試してみる価値がある」

僕はノートに新たな設計図を描き始めた。

冬季休暇までの残り少ない時間を使って、できるだけ完成に近づけたい。そして家族に成果を見せるだけではなく、学院での次の課題にも活かせるようにしたい。

冷たい風が図書館の窓を叩く音が聞こえる中で、僕は魔道具の未来を描くペンを止めることなく動かし続けた。

# 冬季休暇の訪れと家族の時間

学院での試験も終わり、冬季休暇を迎える準備が進んでいた。朝の冷たい空気が冬の訪れを感じさせる中、僕たちは休暇前最後の授業に出席していた。

「それでは、冬季休暇中の課題を説明する」

オリバー先生が教室の前で静かに口を開く。彼の言葉に、教室内は自然と緊張感に包まれた。

「課題といっても、学院での学びを実生活でどう活かすかを考えるものだ。故郷や家族のもとで、君たちが成長した姿を見せてくれればいい。報告に関するレポートは休暇明けに提出すること」

その内容に、生徒たちから安堵の声が漏れた。

「良かった、厳しい試験が続くのかと思ったぜ」

隣のレオンがほっとした表情を見せながら呟いた。僕も同じ気持ちだった。学院での生活は充実していたけれど、やはり家族と過ごす時間は格別な楽しみだ。

授業が終わると、リヴィアとカトリーヌが近づいてきた。

「エルヴィン様、冬季休暇はご家族と過ごされるのですよね？」

リヴィアが少し控えめに尋ねた。

「うん、久しぶりに領地に帰る予定だよ。家族のみんなに会えるのが楽しみだ」

僕が答えると、カトリーヌも微笑みながら口を開いた。

「シュトラウス家の領地は冬の景色が素晴らしいと聞いていますわ。きっと素敵な時間を過ごされることでしょう」

「ありがとう。リヴィアやカトリーヌさんも、休暇中は家族と楽しい時間を過ごしてね」

二人は頷き、それぞれの計画について話し始めた。リヴィアは家業を手伝い、カトリーヌは社交界での行事に参加する予定だという。

ふと窓の外を見ると、雪がちらつき始めていた。シュトラウス領の広大な雪景色と、暖かな暖炉のある屋敷が頭に浮かび、懐かしさが込み上げてくる。

「やっぱり家は良いよな」

そう呟きながら、兄さんたちやリリィの笑顔を思い出す。

今回は研究ノートや試験で作った魔道具も持ち帰って、家族に成果を見せたい。

特に、新しく作った携帯型ヒートジェネレーターは、リリィが雪遊びをするときに役立つはずだ。

その後、寮に戻った僕は、帰省に向けて荷物を整理したのだった。

◇

次の日、学院の正門前は冬季休暇で帰省する生徒や迎えの者たちで賑わっていた。

僕も荷物を手に、迎えの馬車を探していた。

「エルヴィン！」

名前を呼ばれてそちらに目を向けると、父上が馬車の前で手を振っていた。

久しぶりに見る父上は、いつも通り厳格で頼もしい雰囲気を漂わせている。

「父上！　どうしてこちらに？」

驚きつつ駆け寄る僕に、父上は微笑を浮かべながら答えた。

「ちょうど王都で開かれる会議に出席していたのだ。その帰りにお前と一緒に領地へ戻るのが良いかと思ってな」

なるほど、会議のために王都に滞在していたのなら、学院に立ち寄るのも自然な流れだ。

「父上が迎えに来てくださるなんて、光栄です！」

そう言って笑顔を見せると、父上は穏やかに頷いた。

「お前が学院でどのように過ごしているか、直接様子を見る良い機会でもあるからな」

馬車に乗り込み、学院を後にした僕は、試験や日々の出来事を父上に語った。父上は時折頷きながら、真剣に話を聞いてくれた。

「ところで、学院での試験の話を少し聞かせてくれるか？」

「試験の課題が『災害時に役立つ魔道具』だったんです。僕は情報を伝達する魔道具を作りました。

それがあれば避難指示や重要な連絡がスムーズに行えると思ったんです」

「災害時の情報伝達の重要性に注目したか。現実に即していて良い視点だ」

父上に褒められたことが誇らしくて、僕の胸が少し温かくなった。

馬車はシュトラウス領へと続く長い道のりを進んでいく。王都から離れるにつれて風景は次第に変わり、大地は冬の色へと染まっていく。

「冬の山道は険しいな……領地の皆が無事に過ごせているか、少し気になるところだ」

父上の言葉に、僕も思わず頷いた。

「北部のシュトラウス領は王国でも特に寒さが厳しいですからね。最近作った携帯型の暖房装置が、少しでも領民の助けになればいいんですが」

「その装置についても、領地に戻ったら詳しく聞かせてもらおう」

馬車の中は暖かいが、窓越しに見える雪景色には冬の厳しさが刻まれている。

途中で宿場町に立ち寄り、一息つく時間も旅の一部だ。父上との久しぶりの再会に、会話は途切れることがなかった。

◇

十日間ほどの旅を経て、ようやく馴染《なじ》み深いシュトラウス領の景色が目に入ってきた。雪に覆われた大地と遠くにそびえる山々。その中に威風堂々《いふうどうどう》とした屋敷が姿を現した。

「やはり我が家は良いものだ」

父上が低い声で呟いたその言葉に、僕も大きく頷いた。

「帰ってきたんですね」

「さあ、エルヴィン。家で温かい食事をとろう」

父上の言葉に導かれるように、馬車はシュトラウス家の屋敷に到着した。

家の中から明るい光がこぼれ、外から見ても家族の温もりが感じられる。

馬車が玄関前で停まると、扉が開き、兄妹たちが迎えに出てきた。

「にいちゃん！　おかえり！」

最初に駆け寄ってきたのはリリィだった。彼女はふわふわのマントに身を包み、嬉しそうに両手を広げている。

「リリィ！」

僕は笑顔で彼女を抱きしめた。その軽い体を抱き上げると、家に帰ったという実感が一気に胸に広がる。

「おいおい、エルヴィン。僕たちにはその歓迎はないのか？」

背後から軽口を叩いてきたのはリヒャルト兄さんだ。彼はニヤリと笑いながら僕を見ている。

「リヒャルト兄さんもお久しぶり。それにアレクシス兄さんも！」

僕の挨拶に、アレクシス兄さんが肩をすくめながら応える。

「リヒャルトの冗談に乗る必要はないぞ。だが、お前も成長したようだな。良い学院生活を送っているようで安心した」

「ありがとう。でも、成長したって……僕、そんなに変わったかな？」

僕が首を傾げると、リヒャルト兄さんが口を挟む。

「いやいや、お前はまだまだ可愛い弟だろ？　学院で学ぶだけじゃなくて、兄たちを超えるくらいのことをやってみせないとな？」

「超えるって……具体的には何をすればいいの？」

「僕を剣で負かすとか、アレクシス兄さんに馬術で勝つとか……まあ、無理だと思うけどな！　ははは！」

「そうやってすぐ競争を持ちかけるのはやめろ、リヒャルト」

得意げに笑うリヒャルト兄さんを、アレクシス兄さんが呆《あき》れた様子で窘めた。それを見て、僕は思わず笑い出した。

「二人とも、競争なんてしないで、家族みんなで協力したほうがいいよ」

「エルヴィン、そういう真面目なところは変わらないな」

そう言って、リヒャルト兄さんは苦笑いしながら僕の頭を軽く撫でてくれた。

屋敷の中に足を踏み入れると、暖炉の火が優しく揺れ、スパイスの利いた甘い香りが漂ってくる。

食卓には、久しぶりの再会を祝うご馳走が並び、すぐに家族全員が席に着いて談笑が始まった。

「エルヴィン、学院での生活はどうなの？」

母上が温かな声で問いかけてきた。彼女の琥珀色《こはくいろ》の瞳は、僕の話に興味津々といった様子だ。

「すごく充実していたよ。試験では災害時に役立つ魔道具を作る課題が出て、僕は情報を伝達するマジックレシーバーという装置を作ったな」

「でも、これからもっと改良して、実際にみんなが使えるものにしたいと思っています」

「まあ、素晴らしいわね。学院で学んだことをちゃんと活かしているのね」

「きっとそうなるわ。エルヴィンならできるもの」

母上は優しい笑顔を見せたが、その少し瞳に少し心配そうな色がにじむ。

「けれど、無理はしていないでしょうね？　学院での生活は厳しいと聞くから……」

「大丈夫だよ。授業も研究も楽しいし、何より仲間たちに恵まれているから」

「それならいいのだけれど。体を大切にするのよ」

母上の気遣いに、改めて感謝の気持ちを覚えた。

食事を終えて、家族みんなが暖炉を囲んで紅茶を飲みながら語り合う中、リリィが僕の腕を引っ張った。

「にいちゃん、私も何か作ってほしい！　外で遊んでも寒くない道具がいい！」

「それなら、この携帯型ヒートジェネレーターがピッタリだよ。これを使えば、雪の中でも暖かく過ごせるんだ」

僕はリリィのために学院から持って帰ってきたヒートジェネレーターを、プレゼントした。

「すごい！　ありがとう！」

リリィは満面の笑みで魔道具を受け取ると、そのまま庭に出ようとするが……母上が優しく窘める。

「リリィ、もう夜だから明日にしなさい。外は寒いし、暗いわよ」

「えー、でも……分かった」

リリィは少し残念そうに頷きながらも、魔道具を抱きしめて席に戻った。

その子供らしい行動に、家族みんなが微笑んだ。

リリィが席に戻り、少し空気が落ち着いたところで、父上がゆっくりと話し始める。

「エルヴィン、学院での生活を聞いて安心した。お前が自分のやりたいことに邁進《まいしん》している様子がよく分かる」

「ありがとうございます。父上も領地でお忙しい中、わざわざ迎えに来てくださって感謝しています」

「お前がどんな道を進むのか、直接見たいと思っただけだ。これからも、家族や領地を大事に思う気持ちを忘れないでほしい。それがシュトラウス家の誇りだ」

「僕は家族や領民のために魔道工学を活かしていきたいと思っています。それが僕の目標です」

「それならよし。お前の進む道をこれからも見守ろう」

父上の言葉を聞き、僕は家族に支えられている幸せを再確認した。

◇

翌朝、窓の外には一面の雪景色が広がり、白い輝きが心を落ち着かせた。

今日は父上に領地内を案内してもらう機会を得て、朝から外出している。

雪が深く積もった道を進みながら、父上は領民の暮らしについて話してくれた。

「冬になると、特にこの北部では生活が厳しくなる。暖房用の燃料や食料の備蓄が十分でない家庭も少なくない」

「そうなんですね……」

僕は真剣に話に耳を傾ける。

父上の話で、領民の困難な生活が、これまで以上に実感として迫ってきた。

「私も手は尽くしているが、限られた資源をやりくりするだけでは限界がある。しかしエルヴィン、お前の知識と技術があれば、彼らの生活を少しでも楽にできるはずだ。それがシュトラウス家の役割でもある。ぜひとも力を貸してほしい」

「はい！　僕も、もっと役に立つものを作りたいです。父上、次に予定している会合に僕も参加させていただけますか？」

「いいだろう。ところで、お前は冬季休暇中にどんな計画を立てているんだ？」

父上は優しくも鋭い目で僕を見つめている。

「はい、父上。領地の寒冷地対策をもっと充実させるために、新しい魔道具のアイデアを試してみたいと思っています」

父の期待を感じて、僕は少し緊張しながら答えた。

「ほう、たとえば？」

「えっと、寒冷地でも作業しやすくなるように、携帯型の暖房装置をさらに改良して、より長時間暖かさを維持できるようにしたいです」

「なるほど。それは領民にとって有益なものになるだろう。だが、必要なのは技術だけではないぞ」

「はい、父上。領民たちの意見も聞いて、どんな問題を抱えているのか、実際に知ることが重要だと考えています」

父上が満足そうに頷き、言葉を続ける。

「その姿勢を忘れるな。それがシュトラウス家の血筋を受け継ぐ者としての務めだ」

その言葉には、家族の一員としての責任と期待が込められているのを感じた。

午後になって屋敷に戻った僕は、リリィと一緒に庭で遊ぶことにした。

昨夜プレゼントした携帯型ヒートジェネレーターを試すためだ。

「リリィ、寒くない？」

僕が尋ねると、リリィは嬉しそうな顔で首を横に振る。

「全然平気だよ！　これ、すごく暖かい！」

リリィは装置を手に持ちながら、雪の中を元気に走り回っている。その姿を見ると、製作時の努力が報《むく》われた気がした。

「にいちゃん、次はもっと雪で遊べる道具を作ってよ！」

「楽しそうだね。じゃあ、雪を固めて簡単に雪像が作れる魔道具とかどうかな？」

「それいい！　にいちゃん、本当にすごいね！」

リリィの純粋な喜びに触れると、僕の発明への意欲がさらに湧いてくる。

新たなアイデアが形になりつつある中で、家族や領民のために何ができるかを考える時間は、僕にとってかけがえのないものだった。

◇

帰省してから数日が過ぎた。シュトラウス家の庭園で雪かきをする使用人たちの姿を眺めながら、僕は自室の窓辺で設計図とにらめっこしていた。

今取り組んでいるのは、雪深い地域での作業を効率化するための暖房装置の改良案だ。

「これで、エネルギー効率は良くなるはずだ。でも、重さが増すのが問題だな……」

悩んでいるところに、控えめなノックの音が響く。

振り向くと、トレイに紅茶のカップを載せた母上が微笑みを浮かべて立っていた。

「エルヴィン、少し休んだらどうかしら？」

「ありがとう、母上。でも、もうちょっとだけ続けたいんだ」

「そう。少しお話ししてもいい？」

そう言って、母上は紅茶のカップを僕の机にそっと置いて、隣の椅子に腰掛ける。その優雅な動きは、学院で貴族学科を受け持つオルデンブルク先生を思い起こさせた。

「あなたが帰ってきてくれて、家の中が本当に明るくなったわ。リリィも、ずっとお兄ちゃんを待っていたのよ」

「リリィは、まだまだ甘えん坊なんだね」

「ええ。それに、あなたが作ってくれたあの小さな魔道具をとても気に入っているの。けれど、夜更かしして遊んでしまうのは困りものね」

「ごめん、僕のせいで……」

僕が謝ると、母上は慌てて首を横に振る。

「いえ、そういうわけではないの。あなたが家族のためにこうして尽くしてくれるのは、本当に誇らしいわ。でも、無理をしすぎないでちょうだいね」

「ありがとう、母上。僕もこの家族の一員でいられることが誇りだよ」

母上が少し遠くを見つめながら言葉を続けた。

「この家の未来はあなたたち次第なのよ。だからこそ、あなたが自由にそして幸せに生きてくれることを願っているわ」

その言葉は、僕の胸の奥深くに響いた。家族のため、そして領民のために、僕はもっと学び、成長しなければならないと改めて思った。


翌日、珍しく作業場に家族が集まっていた。アレクシス兄さんとリヒャルト兄さんも加わり、それぞれが何かしらの手伝いを申し出てくれる。

「エルヴィン、その魔道具は何に使うんだ？」

アレクシス兄さんが興味深そうに僕に尋ねた。

「これはリリィに頼まれた魔道具で、雪像を作るためのものなんだ」

「なるほどな。子供用の魔道具か……なら、デザインは親しみやすい感じにしないとな」

「アレクシス兄さんがデザインのことを言うなんて珍しいね」

「たまにはこういう意見も言ってみたくなるんだよ」

それを聞いて、リヒャルト兄さんが肩をすくめて笑う。

「でも、エルヴィンの技術は本当にすごいよな。僕たちが小さい頃には、こんな魔道具なんて想像もつかなかった」

「技術だけじゃなくて、発想力だよな」

アレクシス兄さんが頷いた。

その言葉に少し照れながらも、僕は作業を続けたのだった。

◇

辺境という土地柄もあって、冬場のシュトラウス家の領地は一面が雪に覆われる。

「にいちゃん！　今日は外で遊ぼうよ！」

朝食を終えると、リリィが僕の手を引いて、庭に出ようとせがんだ。無邪気な彼女の声に微笑んで頷く。

「いいよ。雪遊びする？　それとも何か作ってみる？」

「うーん、雪だるま作りたい！　でも、大きいのを一緒に作ってね！」

「分かった。それじゃ、ちょっと工夫してみようか」

僕はリリィに手を引かれて庭に出る。

空気は澄み渡り、屋敷の外はどこまでも続く白銀の世界だった。

リリィの要望に応えて、僕は雪だるま作りを始めた。でも、ただ作るだけでは物足りなくて、簡易魔道具を取り出して、雪を固めたり形を整えたりしてみた。

それを見たリリィは目を輝かせる。

「にいちゃん、すごい！　雪がこんなにキレイな形になるなんて！」

「ふふ、魔道具をちょっと使ってみたんだ。手作業だけだと大変だからね。でも、顔はリリィに描いてもらおうかな」

僕が頼むと、リリィは嬉しそうに顔を描く。やがて完成したのは、立派な雪だるま……いや、芸術作品のように美しいこれは、まさに雪の王様だった。

「わあ、これ、本物の雪の王様みたい！」

「喜んでもらえたなら良かった。でも、まだ何か足りない気がするな……」

僕はポケットから小さな魔力鉱を取り出して、雪だるまの目に仕込む。すると、淡い青い光を放った。

「わあっ、本当に動き出しそう！　にいちゃん、すごい！」

リリィは完成した雪だるまを嬉しそうに眺め、その周りを楽しげに走り回った。

その楽しそうな声に誘われて、父上が庭に様子を見に来た。

「エルヴィン、これは見事な雪だるまだな。あれだけリリィが喜んでいると、作った甲斐もあるというものだろうな？」

「はい、リリィが楽しそうにしてくれて、僕も嬉しいです」

リヒャルト兄さんがニヤニヤしながら話に入ってくる。

「でも、あれは普通の雪だるまじゃないだろ？」

「まあ、ちょっと魔道具の力を借りたけどね。手作業だけだとさすがに大変だから」

「なんでも効率的にしようとするところがエルヴィンらしいな」

アレクシス兄さんが笑みを浮かべた。

「魔道具を使うのもいいけど、僕にも手伝わせてくれよな!?　力仕事なら任せろ！」

力強く言うリヒャルト兄さんに、僕は苦笑しながら応える。

「兄さんが力仕事をすると、雪だるまどころか雪の城ができちゃうかもしれないね」

その言葉にリリィが目を輝かせる。

「にいちゃんたち、今度はお城を作ろうよ！　私もお姫様みたいになりたい！」

みんなが笑い声を上げる中、次の予定が決まった。

リリィの提案に従って、その日の午後はリリィと兄さんたち、さらに使用人たちも巻き込んで、庭に巨大な雪の城を作ることになった。

リヒャルト兄さんが大きな雪の塊《かたまり》を運び、僕が魔道具で形を整えて、アレクシス兄さんが全体のデザインを監督する。

アレクシス兄さんが苦笑混じりに僕に言う。

「さすがにこれは大がかりだな……お前、学院でもこんなことをしているのか？」

「学院ではもっと真面目にやってるから！」

「ま、こうやって家族で協力して何かを作るのもいいものだよな」

リヒャルト兄さんが笑いながら巨大な雪の塊を運んできた。

数時間後、みんなの協力もあって、ついに雪の城が完成した。

ちゃんと中に入れる構造になっていて、まさにリリィの夢のお城と言える出来栄えだった。

リリィはその城の中を走り回りながら、無邪気に笑った。

「にいちゃんたち、ありがとう！　私、本当にお姫様みたい！」

◇

冬季休暇が終わりに近づき、僕は作業場にこもって、新しい魔道具の試作品の最終調整を行っていた。

ヒートジェネレーターの改良の過程で思いついたアイデアで、暖炉の薪《まき》の燃焼効率を高め、熱をさらに広げる仕組みの魔道具だ。

これなら、家族みんながもっと快適に冬を過ごせるはずだし、量産化が実現すれば冬場の燃料不足に悩む領民の助けにもなるだろう。

完成した試作品を居間に設置して火を入れると、暖炉から広がる暖かさが一層増した。

家族全員がその効果を実感し、感嘆の声を上げる。

「本当に暖かいな。これがあれば、冬の夜も快適だ」

父上が満足げに言い、母上も優しく微笑む。

「エルヴィン、こんなに役立つものを作るなんて、本当に成長したわね」

「ありがとう、母上。ハインツさんにも話をして、領民のために量産できないか相談してみます！」

冬季休暇の間、僕は家族との時間を存分に楽しみ、発明や遊びを通じて絆を深めた。

リリィの笑顔、兄さんたちとの軽口の応酬、父上や母上の温かい励まし――全てが僕にとって大切な宝物だった。

◇

冬季休暇もいよいよ終わろうとしていた。

学院へ戻る準備を進める中で、僕の胸には少しずつ寂しさが募《つの》っていった。学院生活は充実しているものの、こうして家族と過ごす時間の大切さを改めて実感したからだ。

その日の朝、リリィは僕の隣にぴったりとくっついて離れようとしなかった。いつも明るく元気な彼女だったけど、この日は少し寂しげな表情を浮かべている。

「にいちゃん、もう学院に戻っちゃうの？」

「うん、そろそろ戻らないといけないんだ。でも、休みの間たっぷり遊べたから、また次の休みを楽しみにしようね」

そう答えると、リリィは少し俯《うつむ》いて小さな声で呟いた。

「……もっと一緒にいたいのに」

その呟きが聞こえたのか、母上が微笑みながらリリィに声をかける。

「リリィ、そんな寂しそうな顔をしないの。お兄ちゃんは大切な勉強をしに行くのだから、淑女らしく見送りなさい」

「うん……分かってる」

リリィは小さく頷いたものの、その声にはどこか元気がなかった。


その日の午後、荷物の最終確認をしていた僕は、ふとリリィの姿が見当たらないことに気づいた。気になって捜してみると、彼女は屋敷の庭の片隅の小さなベンチに座っていた。

「リリィ、こんなところにいたんだ。どうしたの？」

「にいちゃんが行っちゃうの、嫌だよ……」

リリィは目を潤ませながら、僕の服の袖をぎゅっと掴んだ。その瞳は涙でいっぱいで、今にもこぼれ落ちそうだった。

「リリィ……」

僕はしゃがみ込んで、リリィと目線を合わせる。普段は天真爛漫で無邪気な彼女が、こんなに暗い表情をするのは珍しいことだった。

「もっと一緒に遊びたかったのに……雪のお城だって、もっと作りたかったし……ずっと一緒がいいのに……！」

言葉の最後はほとんど泣き声になり、リリィはついにぽろぽろと涙を流し始めた。僕はその小さな体をそっと抱きしめる。

「リリィ、ありがとう。そんな風に言ってくれるなんて、嬉しいよ。でもね、お兄ちゃんが学院で頑張るのも、リリィや家族のみんなのためなんだ」

「……分かってるよ。でも、やっぱり行ってほしくないよぉ……！」

泣きじゃくるリリィを見て、僕はなんとも言えない気持ちになった。

彼女が僕をどれだけ慕ってくれているかが痛いほど伝わってきて、胸がじんと熱くなる。

しばらくすると、泣き疲れたのか、リリィは少しずつ落ち着いてきた。そして、ハッとしたように顔を上げ、袖で涙を拭き取る。

「ごめんなさい。淑女なのに、こんなに泣いちゃって……にいちゃんに恥ずかしいところを見せちゃった」

リリィは頬を赤く染めながら、しおらしく俯いた。その様子があまりにも可愛らしくて、僕は思わず笑みを浮かべた。

「そんなことないよ。リリィの気持ちがちゃんと伝わってきて、お兄ちゃんは嬉しい。泣いたって、リリィは立派な淑女だよ」

「……本当？」

涙の残る瞳で僕を見上げるリリィ。その無邪気で愛らしい表情に、胸が温かくなるのを感じた。

「うん、もちろん本当だよ」

その夜、僕は作業場にこもり、リリィに贈るための特別なプレゼントを作り始めた。

彼女が涙を流しながらも無邪気な笑顔を見せてくれた姿を思い浮かべながら、何が一番喜んでもらえるかを考えた末、魔法のオルゴールを作ることに決めた。

春の花畑をイメージした軽やかで明るい旋律を組み込むと共に、外装には小花や小鳥の彫刻を施し、全体を白とピンクで彩った。

さらに、蓋を開けると小さな妖精の人形が踊り、背後には淡い光で羽ばたく蝶《ちょう》が浮かび上がる仕掛けにした。この蝶のモチーフはリリィの明るい性格にちなんだものだ。

これなら、きっとリリィも喜んでくれるだろう。

——翌朝、学院に戻る日。

出発の時間が迫る中、家族全員に見送られながら、僕は馬車の前で家族と最後の別れをした。リリィは泣くのを我慢して、精一杯淑女らしく振る舞おうとしている。

「にいちゃん、気をつけてね……学院で頑張って」

彼女の小さな声には寂しさがにじんでいたが、その瞳にはしっかりとした決意も見えていた。

僕はしゃがんでリリィの目線に合わせ、ポケットから小さな箱を取り出した。

「これ、リリィにプレゼントだよ」

「えっ、何？」

中に入っているのは、昨夜作った新しい魔法のオルゴール。箱を開けたリリィは、驚きと喜びで目を輝かせる。

「すごい！　オルゴールだ！　これ、にいちゃんが作ったの？」

「そうだよ。リリィの好きそうな曲を考えてみたから、開けてみて」

リリィがオルゴールの蓋を開けると、春を思わせる明るく優しいメロディが流れ始めた。小さな妖精の人形が踊り、羽ばたく蝶が淡い光で浮かび上がる。

「わあっ……すごく綺麗！　しかも、この曲、とっても素敵！　にいちゃん、ありがとう！」

リリィは満面の笑みを浮かべ、オルゴールをぎゅっと抱きしめる。

その笑顔を見て、僕は心から安心した。

馬車が動き出し、家族が見送る中、リリィはいつまでも手を振り続けていた。

「次に帰ったときは、またリリィを喜ばせられるものを作ろう。それまで学院でしっかり頑張らなくちゃ」

こうして僕は家族との別れを胸に、再び学院での日々を送るために王都へと向かったのだった。

# 冬明けの研究グループ活動

学院に戻った僕を迎えたのは、久しぶりの賑やかな教室だった。

冬季休暇を経てリフレッシュした同級生たちは、それぞれの休暇の思い出を語り合っている。僕もリヴィアとカトリーヌ、レオンと合流し、久しぶりの再会を喜んだ。

「みんなは冬季休暇どうだった？」

レオンが早速尋ねてきた。

「僕は家族と過ごせて楽しかったよ。妹と一緒に雪遊びをしたり、新しい魔道具を作ったりしたんだ」

「エルヴィン様らしいですわね。私は舞踏会に参加したり、家族で静かな時間を過ごしたりしましたの」

カトリーヌが優雅に微笑み、リヴィアも穏やかな表情で話す。

「私は商店を手伝っていました。新年のセールはすごく忙しかったです……でも、とても充実していましたよ」

「みんなそれぞれ楽しい冬休みだったんだな！」

レオンがまとめるように言った。その後も久々に再会した四人の会話は自然と盛り上がっていった。

新学期最初の授業では、オリバー先生が研究グループ活動の再開を発表した。

「これから春までの期間、グループでの共同研究を行う。テーマは『魔道具の進化と新たな応用』だ。各グループで新しいアイデアを出し合い、実験と開発を進めてもらう。最終的な成果物は展示会で発表してもらうぞ」

生徒たちは早速グループを組むために動き出した。僕たち四人は、もはや自然な流れで同じグループになった。

「エルヴィン、今回も一緒にやるだろ？」

レオンが手を差し出してくる。

「もちろん。そのつもりだよ。みんなもそれでいいよね？」

僕が頷くと、カトリーヌとリヴィアもそれに続く。

「それでは、またよろしくお願いしますわ」

「私も、みんなと一緒なら安心です」

こうして僕たちは再びグループを結成した。

グループの初会議では、まず研究テーマを決めることになった。

「魔道具の進化か……どんな方向性で考える？」

レオンがそう切り出し、リヴィアとカトリーヌが考えを述べる。

「実用性を高めつつ、新しい要素を加えられるものがいいですね」

「そうですわね。たとえば、より多機能でコンパクトなものを作るとか？」

「それもいいけど、僕たちらしい、何か独創的なものを目指したいね」

僕はみんなの意見をまとめながら、具体的な方向性を考え始めた。

その結果、僕たちは「環境に適応する魔道具」をコンセプトに選ぶことにした。

「たとえば、寒い場所では暖かく、暑い場所では涼しくなるような魔道具とか？」

僕が案を出すと、他のみんなも賛成してくれた。

「それ、すごく面白そうだ！　アウトドアでも使えそうだし！」

レオンは目を輝かせたが、カトリーヌは冷静に課題を指摘する。

「ただ、暖房と冷房両方の機能を備えるとなると、魔力の消費が課題になりそうですわね。その点も考慮して設計する必要がありますわ」

「じゃあ、魔力効率を上げる素材や仕組みを調べてみますか？」

リヴィアが提案し、具体的な方向性がさらに明確になった。

研究活動が本格的に始まると、僕たちは早速実験室に集まって作業を分担した。

僕は全体の設計を担当し、リヴィアは素材の選定と調達、カトリーヌはデザインと細部の調整、そしてレオンは試作品の組み立てを中心に行うことになった。

「この素材はどうですか？」

リヴィアが提案したのは、魔力を安定的に伝える特性を持つクリアクオーツだった。

「いいね。これなら魔力消費を抑えつつ、しっかり機能すると思う」

僕はその素材を設計に組み込むことにした。

カトリーヌもデザイン面での工夫を提案してくれた。

「持ち運びしやすいように、折りたたみ式にしてはどうかしら？　収納時に邪魔にならないのは大事ですわ」

「それは助かるね。試してみるよ」

レオンは各部品の組み立てを手際よく進めながら、試作品の動作確認を担当していた。

「ちょっと調整が必要そうだけど、全体的には順調だな！」

僕たちは、完成を目指して試行錯誤を繰り返していった。

翌日も僕たちは実験室で設計のブラッシュアップと試作パーツの製作を続けていた。

「エルヴィン様、この設計図のここ、もう少し簡略化できるのではありませんか？」

リヴィアが設計図を覗き込みながら指摘した。その真剣な眼差しに感化されて、僕も気を引き締めた。

「ああ、確かに。この部分を最適化すれば、魔力効率がぐっと上がるかもしれない。ありがとう、リヴィア」

「それでは、私もデザインの細かい部分を見直してみますわ。全体の調和を考えれば、さらに完成度を高められるはずですわ」

カトリーヌが提案し、全体の見栄《みば》えや使い勝手をさらに洗練する方向で調整を始めた。

一方、レオンは試作品の組み立てに悪戦苦闘していた。

「くそっ、なんでここがぴったりはまらないんだよ⁉　こんな小さい部品、俺の手に余る！」

「レオンくん、力任せにやると壊れちゃうよ」

僕が苦笑しながら注意すると、レオンは照れ隠しに頭を掻きながら笑う。

「い、いいんだよ、男はパワーでなんとかするもんだ！」

そのやり取りに、カトリーヌが呆れ顔で肩をすくめる。

「パワーで壊されたら困りますわ。もっと繊細に扱いませんと」

「うっ、分かったよ。今度は丁寧にやる……」

女性陣に窘められ、すっかり反省した様子のレオンだった。

試作品の第一段階が完成したのは、それから数日後のことだった。全員が期待を胸に動作テストを始める。

「よし、魔力を注いでみよう」

装置は最初、順調に動作を始めた。

暖房モードでは暖かい空気が発生し、冷房モードでは涼しい風が吹き出す。

しかし、モード切り替えの瞬間、突然異音が響き渡り、装置が停止してしまった。

「なんだこれ？　さっきまでうまくいってたのに！」

レオンが驚いて装置を調べようとするが、原因は一目では分からない。

僕も慌てて内部を確認する。

「どうやら、切り替え時の魔力負荷が想定以上に高かったみたいだね」

「エルヴィン様、この部分の魔道文字が原因かもしれません。調整すれば負荷を分散できると思います」

リヴィアの分析に僕は頷いた。

「なるほど。じゃあ、この文字列を少し変えてみるよ」

カトリーヌも冷静に提案する。

「切り替え部分の素材を変えるのも効果的ですわ。魔力伝導性の高いエルメタルを使えば、効率が上がるかもしれません」

「確かに！　それも取り入れてみよう」

修正作業に疲れが見え始めた頃、僕は作業台に向かう手を止めた。

「みんな、ちょっと休憩にしない？」

「え？　もうちょっとで終わるぞ？」

レオンが作業に集中しているのを見て、僕は笑いながら肩を叩いた。

「集中しすぎて肩が凝ってるんじゃない？」

その言葉にレオンは少し考え、やがて立ち上がった。

「確かに……言われてみれば、ちょっと疲れたかもな。よし、外で軽く体を動かそうぜ！」

レオンが運動に誘うが、カトリーヌは乗り気ではないらしい。

「いえ、遠慮しておきますわ。リヴィアさん、私たちはティータイムにしましょうか」

「それはいいですね！」

リヴィアにも拒否されて、肩を落とすレオン。

「おいおい、それはないだろ」

「まぁまぁレオンくん、僕は付き合うよ」

そして僕とレオンは校庭に出て、軽いランニングや簡単な運動をしながら気分を切り替えた。冷たい風が頬に心地よく、頭がすっきりしていくのが分かる。

「よし、これで気分一新だ！　戻ってまた頑張ろうぜ！」

レオンの元気な声に、僕は笑顔で頷いた。

再び実験室に戻り、僕たちは修正を繰り返しながら作業を進めた。そしてついに、改良を重ねた試作品が完成した。

「これでうまくいくはずだ」

全員が緊張の面持《おもも》ちで見守る中、装置に魔力を注ぐ。冷房モードから暖房モードへの切り替えもスムーズで、全体の動作は安定していた。

「やった！　これならいける！」

レオンが喜びの声を上げ、カトリーヌとリヴィアも微笑む。

「まだ改良の余地はありますが、現時点では十分ですわね」

「動作は安定していますね」

「本当にありがとう、みんな。この成果は、僕たち全員の努力の賜物だよ」

僕が感謝を伝えると、リヴィアが少し照れたように微笑む。

「いえ、エルヴィン様のおかげで、私も多くを学べました」

「展示会が楽しみだな。みんなで作ったこの魔道具、絶対に注目されるぜ！」

レオンの明るい声に、僕たちは笑顔で頷き合った。

◇

学院での展示会当日。ついに僕たちの研究成果を発表するときがやってきた。

今回のテーマは『環境に適応する魔道具』——寒冷地では暖かく、暑熱地では涼しくなるという、どんな環境でも快適さを提供する画期的なアイデアの魔道具だ。

ホールには研究グループごとの展示ブースが並んでいる。僕たちのブースもその一画にあり、設置を済ませた魔道具が落ち着いたデザインながらもどこか未来的な雰囲気を漂わせていた。

「準備完了！　エルヴィン、これで大丈夫だよな？」

「うん、動作確認も済んだし、あとは来場者に説明するだけだね」

レオンの確認に、僕は笑顔で答えた。

一方、リヴィアは緊張の面持ちで手元の資料を見つめている。

「……ちゃんと説明できるかな。人がたくさん来たら、うまく話す自信がないです……」

そう小声で呟くリヴィアを、僕とカトリーヌで励ます。

「リヴィア、大丈夫だよ。資料も完璧だし、何かあれば僕たちがフォローするから」

「そうですわ、リヴィアさん。私たちの研究がいかに素晴らしいか、一緒に伝えましょう」

その言葉に少しだけ緊張が和らいだのか、リヴィアは微笑んだ。

やがて来場者がぞろぞろと各ブースに覗き始めた。

僕たちの魔道具のコンセプトに興味を持った生徒や講師、さらには貴族の視察団も足を止める。

「これは『環境に適応する魔道具』です。寒冷地では内部の魔力回路が熱を発し、暑熱地では冷却機能が働きます。魔力伝導率が高く、温度変化に強い素材を中心に使用しています」

僕が説明する間、レオンは試作品を実演してみせた。冷却機能が作動すると、暑い夏の日を再現したブースの中が心地よい涼しさに包まれた。

「わあ、本当に涼しくなった！」

「こんな魔道具があれば、どんな気候でも快適に暮らせそうだな」

来場者の感嘆の声が上がた。

リヴィアが恐る恐るといった様子で説明を始める。

「こちらの機能は、魔力の流れを調整することで、効率的にエネルギーを使用しています。そのため、長時間使用しても魔力の負担が少ない設計になっています……」

リヴィアは緊張している様子だったが、その真剣な説明に、来場者は熱心に耳を傾けた。そこにカトリーヌが上品に補足を加える。

「そうですわ。さらに、デザインも考慮して、どなたの家でも違和感なく置けるように工夫しましたの。実用性だけでなく、見た目にもこだわっています」

説明が終わる頃には、僕たちのブースにはひと際多くの人だかりができていた。

展示会終了後、講評の時間が訪れる。各グループの講評を終えたオリバー先生が、僕たちのブースにやってきた。

「シュトラウス君たちの研究は、非常に実用性が高く、応用範囲も広いものだ。寒冷地や暑熱地だ

けでなく、都市部の快適化にも大いに役立つだろう。この成果をさらに発展させることを期待して、定期成果発表会を楽しみにしている」

先生の言葉に、僕たちは顔を見合わせて笑みを交わした。努力が認められる瞬間は、何よりも嬉しいものだ。

その夜、僕たちは教室で反省会を兼ねた小さな打ち上げをした。

リヴィアがしみじみと言った。

「……私、最初は不安で仕方なかったけど、今日の展示会を通じて少し自信が持てた気がします」

照れながらそう言ったリヴィアを、レオンとカトリーヌが激励する。

「それは良かったな！　次はもっと大きな発表を目指そうぜ！」

「そうですわね。今日の成功を糧に、さらに素晴らしいものを作りましょう」

僕はみんなの顔を見渡してから言った。

「うん、これからも研究を続けて、少しでも多くの人の役に立てる魔道具を作ろう。それが僕たちの目指すところだから」

こうして僕たちの展示会は無事成功に終わり、次の挑戦への第一歩を踏み出すことになった。

◇

打ち上げをお開きにした後、僕は実験室に一人残り、次の研究のアイデアを練っていた。

展示会の成功によって、新しい挑戦への意欲がますます湧いてきたのだ。

ふと、リリィが庭で雪の城を楽しそうに作っていた光景が脳裏に浮かんだ。

「子供も大人も一緒に楽しめる魔道具……みんなが夢中になれるようなもの……」

僕は机に向かいながら、アイデアをノートに書き留めていく。

「たとえば、部屋の中で季節や景色を再現できる魔道具はどうだろう？　雪景色や花畑を作れる装置なら、子供も大人も喜ぶはずだ」

この発想に心が躍り、早速具体的な設計図を描き始めた。

光や風、温度の変化を制御して、自然の風景を再現する仕組みを魔力鉱で作る。

ただ風景を映すだけではなく、動きを加えることで、まるでその場にいるかのような臨場感を与える仕掛けだ。

翌日、研究グループのみんなにアイデアを話してみることにした。

「僕が考えたのは、『動《うご》く魔《ま》法《ほう》風《ふう》景《けい》』という魔道具だ。部屋の中で、外の季節や風景を楽しめるものにしたいんだ」

それを聞いたレオンが目を輝かせる。

「お前、またすごいこと考えるな！　子供の頃にそんなのがあったら、俺も夢中になってたと思うぜ」

リヴィアも柔らかく微笑みながら頷く。

「それはとても素晴らしいですね。貴族の子供たちだけでなく、大人の社交の場でも注目されるかもしれません」

カトリーヌも上品な口調で賛同した。

「そうですわね。色とりどりの花が現れる魔道具なんて、舞踏会でも話題になりそうですわ」

「ありがとう。それじゃあ試作品を作ってみるから、手伝ってくれる？」

僕の呼びかけに、リヴィアとカトリーヌとレオンが声を揃えて答える。

「もちろんです！」

「喜んでお手伝いいたしますわ」

「俺もできる範囲でサポートするぜ。細かい作業は苦手だけど、重い物を運ぶのは任せてくれ！」

こうして僕たちは再び研究に取り組むことになった。

実験室に集まった僕たちは、それぞれの得意分野を活かして作業を進めていく。まず、僕が設計図を広げて説明を始めた。

「この魔道具は、魔力鉱を使って光や風、温度を制御し、風景を再現するのが目的だ。ただ、動きをつける部分は魔力の制御が大変だから、そこは試行錯誤が必要になると思う」

「エルヴィン様、この魔道文字の部分ですが、少し簡略化することで制御が安定するかもしれません」

リヴィアが設計図を見つめながら提案した。

「なるほど、その方が確かに効率的だね。ありがとう、リヴィア」

レオンは腕を組みながら呟く。

「でも、こういう装置って繊細なものじゃないか？　子供が触ったらすぐに壊れそうだ」

カトリーヌが上品に微笑んで答える。

「その点も考慮すべきですわね。見た目の美しさと耐久性を両立させるデザインを考えますわ」

こうして役割分担が決まり、試作が始まった。

しかし最初からうまくいくはずもなく……試作品第一号は魔力鉱への負担が大きすぎて装置が暴走し、実験室全体に冷たい霧が広がった。

「寒い！　これじゃ雪景色どころか氷河だぞ！」

レオンが震えながら叫ぶ。僕は慌てて装置を停止させた。

「魔力の配分をもっと調整しないとダメだな。リヴィア、さっき言ってた魔道文字の配置を試してみよう」

リヴィアが真剣な表情で頷く。

「はい、ここの処理を分散させれば、安定するかもしれません」

次の試作品では、魔道文字の配置を見直し、さらに魔力鉱への負担を軽減するための仕掛けを追加した。結果、装置は少し安定したが、今度は光が眩《まぶ》しすぎて目が痛くなる事態に。

あまりの光量に驚いて、レオンが手で目を覆う。

「おいおい、今度は炎の中みたいだぞ！」

「くっ……光のバランスを取り切れていないのか！　すぐに止めるよ！」

僕は急いで再び装置を停止させた。

その後も何度も失敗して、そのたびに乗り越えていった。


『動く魔法風景』の試作品がついに完成し、僕たちは学院の実験室でその仕上がりを眺めながら達成感に浸《ひた》っていた。

この魔道具は、僕たち全員の努力の結晶だ。

それは高さ五十センチほどの円柱形で、外装にはカトリーヌがデザインした花や自然の彫刻が施されている。内部の魔力鉱は光や風、温度を巧みに制御し、季節ごとの風景を再現できる仕様だ。

試作品を作動させた僕たちは、実験室に広がる小さな雪景色を眺める。

「やっと……完成した……！」

「すごい！　これなら本当に外にいるみたいだ！」

レオンが興奮気味に声を上げ、リヴィアも微笑んだ。

「ここまで来られたのも、エルヴィン様のおかげです」

「みんなと協力したからこそだよ。これをさらに改良して、もっと多くの人に喜んでもらえる魔道具にしていこう」

「雪景色に花畑、それから秋の紅葉まで……これ、本当に魔法で季節を閉じ込めたみたいだな！」

レオンの明るい声に、みんなも笑顔になる。

「エルヴィン様、本当に素晴らしい仕上がりですわ。この魔道具、発表会で多くの方々を驚かせるに違いありませんわね」

カトリーヌの自信に満ちた様子を見て、僕は少しほっとする。

「ありがとう。でも、まだ細かい調整が必要だし、発表会までにもう少し仕上げたいんだ」

僕が魔道具の点検を始めると、リヴィアが静かに近づいてきた。

「エルヴィン様、魔力鉱の配置をもう一度確認しませんか？　昨日調整した部分が安定しているか気になりますので」

「そうだね、念のため見直しておこう。ありがとう、リヴィア」

彼女の的確な助言に助けられながら、僕たちは最後の仕上げに取り組んだ。

◇

翌日、学院での定期成果発表会が始まった。このイベントは、生徒たちのグループが各自の研究成果を発表し、先生や仲間たちから意見をもらう貴重な場だ。

「さあ、シュトラウス君。次は君たちの番だ」

発表会を取り仕切るオリバー先生に促され、僕たちは準備していた魔道具を壇上に設置した。

会場に集まった多くの生徒や先生たちの視線が一斉に向けられる。

少し緊張しながら、僕は深呼吸をして説明を始めた。

「これは、僕たちが製作した『動く魔法風景』です。この魔道具は、室内で季節や自然の風景を再現することを目的としています。たとえば、雪景色や春の花々、秋の紅葉などを魔力によって表現します」

そう言いながらスイッチを入れると、魔道具の中心部分が淡い光を放ち始めた。次の瞬間、白銀の光が会場全体に広がり、ふわりと雪が舞い落ちる。

会場から驚きの声が上がる。

「わあ、本当に雪だ！」

「光がこんなに綺麗に広がるなんて……」

次の風景に切り替えると、雪景色が消え去り、代わりに色とりどりの花弁が舞い散り、まるで春の花畑のような光景が広がった。会場には暖かな風が吹き、ほのかな花の香りまで感じるようだ。

「花がこんなに鮮やかに咲くなんて……見ているだけで癒される」

「これ、部屋に置いたらずっと楽しめるな！」

先生たちも興味深そうに観察していて、反応は上々だ。

しかし次の瞬間、予期せぬ事態が起こった。

紅葉の風景に切り替えたところ、突然魔道具の光が強くなり、風景の動きが乱れた。赤や黄の葉が舞い散るはずが、いきなり激しい風が吹き荒れ、会場全体に葉が飛び散ってしまった。

「うわっ、なんだこれ⁉」

レオンが驚きの声を上げ、カトリーヌが咄嗟《とっさ》に風を避ける仕草をする。

「エルヴィン様、魔力のバランスが崩れていますわ！」

混乱が生じる中でも、リヴィアが冷静に指摘した。

「くっ、ここで暴走するなんて！　急いで止めるよ！」

僕は慌てて制御装置を操作し、光の強度を下げた。しばらくすると魔道具は落ち着きを取り戻し、会場は再び静寂に包まれた。

「申し訳ありません。一部の魔力調整がまだ不完全で、風景が乱れることがあるようです。これも改良すべき課題だと認識しています」

僕が少し緊張しながら説明すると、先生の一人が頷きながら言った。

「確かに課題は残っているが、ここまで自然の風景を再現するという発想と技術力は見事だ。暴走をすぐに制御できた点も評価に値する」

「ありがとうございます。さらに改良を重ねて完成度を高めます」

発表が終わると、生徒たちが次々と感想を口にした。

「すごい魔道具だったよ！　暴走しちゃったけど、あんな綺麗な景色が見られるなんて、感動した！」

「もし完成したら、ぜひ使ってみたいな。部屋に置いたら絶対に楽しいだろうな」

生徒たちの反応を見たカトリーヌが、柔らかく微笑みながら僕に話しかけてくる。

「エルヴィン様、皆様とても興味を持たれていましたわね。こうしてたくさんの方に注目されるのは、本当に素晴らしいことですわ」

「ありがとう。でも、みんなが協力してくれたおかげだよ。リヴィアやカトリーヌさんやレオンがいなければ、ここまで来られなかった」

リヴィアも微笑んで応える。

「ですが、まだ改良の余地がありますね。風の強さや魔力の安定性など、次回の挑戦に向けて改善案を考えましょう」

「そうだね。みんなで力を合わせて、もっと素晴らしいものにしよう！」

発表会が終わると、僕は実験室に戻ってノートに改良案を書き込んだ。

今日の発表で得た課題と、新たなアイデアが次々と浮かんでくる。

「次は魔力の安定性をもっと高めて、どんな場面でも使えるようにする。それから、もっと繊細な動きも加えて……」

頭の中に次の目標がはっきりと描かれる。これを実現できれば、また一歩成長できる。

「まだまだ道のりは長いけど、絶対に完成させる。そしていつか、この魔道具をみんなの役に立つ形で届けたい」

僕はそう決意し、再びペンを走らせた。

◇

『動く魔法風景』の試作品は完成したものの、学院の定期成果発表会で明らかになった課題を解消するため、僕は再び実験室にこもっていた。

紅葉の場面で起きた魔力の暴走――その問題を放置したままでは、市場に出すどころか、次の発表すら危うい。

ノートを広げ、前回の発表会で得たフィードバックを書き出す。

――魔力の分配を安定させる方法、魔道文字の効率化、複数の場面切り替えをスムーズに。

どれも簡単に解決できる問題ではないが、一つ一つ取り組むしかない。

そのとき、実験室の扉がノックされ、レオン、リヴィア、カトリーヌが姿を現した。

「やっぱりここにいたか。お前、休む間もなく作業してるんだな」

レオンが苦笑いしながら近づいてくる。僕は疲れた顔を見られたくなくて、ノートを閉じた。

「まあね。改良案を考えていたんだ。でも、なかなか良いアイデアが浮かばなくて……」

リヴィアがそっと小さな包みを僕の机に置いた。

「エルヴィン様、これをどうぞ。お腹が空いては良いアイデアは浮かびませんよ」

中には温かいスープと焼きたてのパンが入っていた。その気遣いが本当にありがたくて、思わず微笑む。

「ありがとう、リヴィア。それにしても、みんなが来てくれるなんて思わなかったよ」

「だって、どこまでも無理するやつを放っておけるわけないだろ!? お前が倒れたら、誰がみんなを引っ張るんだって話だぜ!」

レオンの明るい声に続いて、カトリーヌも優雅に微笑んだ。

「エルヴィン様が本気で取り組む姿を見ると、私たちも挑戦したくなりますわ」

仲間たちの思いが力になり、再びやる気が湧いてきた。

「ありがとう、みんな。よし、もう一度みんなで改良に取り掛かろう!」

作業を始めるにあたって、まずは課題を共有した。

「紅葉の場面の暴走は、魔力分配が不安定だったことが原因だと思うんだ。一つの魔力鉱に負担が集中してしまった」

僕の説明に頷いてから、リヴィアが自分の考えを述べる。

「それなら、魔力鉱を複数に分散させるのはどうでしょう？　負担を分け合えば、安定する可能性が高くなるはずです」

「確かにその通りだね。ただ、やみくもに魔力鉱を増やすとコストが上がるから、そのバランスも考えなきゃ」

「コストを抑えつつ、安定性を高める方法を一緒に探しましょう」

リヴィアが静かに言葉を添えた。その冷静なアプローチが心強い。

一方で、レオンは具体的な構造について意見を出した。

「魔力鉱を増やすのはいいけど、強度が足りなくなるのは嫌だな。壊れやすかったら、外で遊ぶ子供には使わせられないだろ？」

「その点も大事だね。じゃあ、耐久性を高める外装を考えよう」

それを聞いて、カトリーヌが上品に手を挙げた。

「その外装のデザインは、私が考えますわ。せっかくなら丈夫なだけでなく、見た目も華やかで、誰もが手に取りたくなるような仕上がりにしたいですもの」

「ありがとう、カトリーヌさん。見た目の魅力は大事だから、ぜひお願いするよ」

それぞれの役割が決まり、作業が進んでいく。

僕はまず魔力鉱を分散させる設計図を描き直した。

補助的な魔力鉱を加えることで、主力部品の負担を軽減する仕組みを組み込む。

「ここに補助の魔力鉱を配置して……ただ、このままだと全体のバランスが崩れるかもな」

悩む僕に、リヴィアがそっとアドバイスをくれた。

「エルヴィン様、この部分の魔道文字を少し簡略化してみてはいかがでしょう？　魔力の流れがスムーズになるかもしれません」

「なるほど……ありがとう、リヴィア。試してみるよ」

一方で、レオンは外装の強化に取り掛かっていた。

「壊れにくくするなら、金属の補強を加えてもいいかもな。ほら、こうやって骨組みを強くすれば、多少の衝撃じゃビクともしないだろ？」

カトリーヌも外装に華やかさを加えるアイデアを出す。

「魔道具が動くたびに光が反射するデザインにすれば、風景の美しさがさらに際立ちますわね」

僕は、みんなのおかげで『動く魔法風景』がどんどん良くなっていくのを実感していた。


試作品の改良が終わり、動作テストを行うときがやってきた。

「さて、今回はどうなるかな」

スイッチを入れると、魔道具が淡い光を放ち始めた。白銀の光が広がり、ふわりと雪が舞い落ちる。

「おお、前よりずっと安定してるな！」

レオンが感嘆の声を上げる。次に春の花畑に切り替わると、鮮やかな花々が広がり、部屋全体に春の温もりが満ちた。

そして、最後の紅葉――

紅葉が穏やかに舞い散り、風も程よい心地よさを保っている。

「よし、今度は暴走してないぞ」

「素晴らしいですわ、エルヴィン様！　さらに完成度が上がりましたわね」

カトリーヌが拍手をし、リヴィアも満足そうに微笑んだ。

「魔道文字の調整が功《こう》を奏《そう》しましたね」

「でも、これで終わりじゃない。製造コストの問題やもっと細かい調整も必要だ。次に向けて、また考えよう」

「次も俺たちがついてるぜ！」

仲間たちの励ましに、僕は改めて決意を固めた。こうして僕たちの挑戦は、新たな段階へと進んでいく――

## 驚きの依頼！　王宮からの招待状

数日間の改良作業を経て、『動く魔法風景』は見違えるほど洗練された仕上がりになった。そして迎えた次の朝、学院の実験室に一通の封書が届いた。

「シュトラウス君、こちらに王宮からのお手紙が届いております」

そう言って事務職員が僕に封筒を差し出した。

封蝋《ふうろう》に刻まれているのは、双剣を背に羽を広げる鳩――見るからに豪華なその紋章を見た瞬間、僕は目が丸くなった。

「えっ……これって、カレドリア王家の紋章？」

その場にいたレオン、リヴィア、カトリーヌも驚いた表情を浮かべる。

封筒を開けて手紙を読み進めると、想像以上に重要な内容であることが分かった。

――シュトラウス辺境伯家三男、エルヴィン・シュトラウス殿

先日の学院での定期成果発表会にて、貴殿の魔道具『動く魔法風景』が一部関係者の目に留まりました。その完成度と発想力に深い感銘《かんめい》を受けたため、ぜひとも王宮にてその魔道具をご披露

いただきたく存じます。詳細については別途お知らせいたしますので、準備を整えて王宮にお越しください。

王宮魔道技術担当大臣　マクシミリアン・フォン・ヴェルトナー

「王宮で披露!?」

僕の口から思わず声が漏れると、三人が驚愕《きょうがく》の表情を浮かべた。

「おいおい、エルヴィン、お前、ついに王宮直々にお呼びがかかるようになったのかよ!?」

レオンが封筒を覗き込みながら茶化すように言った。

「エルヴィン様、本当にすごいですわ。王宮に認められるなんて、学院でも極めて稀《まれ》なことですわ！」

カトリーヌが感激した様子で声を弾ませる一方、リヴィアは少し不安そうに呟く。

「でも、王宮で披露するなんて、緊張しますよね……王族の方々もいらっしゃるのでしょうか？」

「どうだろうね。でも、これは僕たちの努力をもっと多くの人に知ってもらうチャンスだと思うんだ」

僕としても緊張はあったけれど、それ以上に胸の中に期待が膨らんでいた。

王宮での披露に向けた準備はすぐに始まった。学院の講師陣もより完成度を高めるためのアドバイスをくれた。

「王宮での披露は、学院にとっても大きな名誉だ。観客の目は厳しいが、君たちならきっと乗り越えられる。堂々と挑みなさい」

オリバー先生の言葉に背中を押され、僕たちはさらに改良を重ねた。

魔道文字の配置を見直し、動きの緩急をつける工夫を加えたことで、風景の切り替えがこれまで以上に滑らかになった。

みんなの協力がなかったら、ここまで完成度を高められなかっただろう。


そして披露当日。僕たちは学院から馬車に乗り込み、王宮へ向かった。

窓越しに見える壮大な城門に、レオンが感嘆の声を上げる。

「すげえな……本当にあの中で披露するのかよ」

「ちょっと緊張してきたけど……ここまで来たらやるしかないよ」

緊張するレオンに釣られて、僕も少し声が震えてしまう。

王宮の広間に到着すると、荘厳な空間が目の前に広がった。そこには、王宮魔道技術担当大臣のマクシミリアン・フォン・ヴェルトナーをはじめ、王宮の魔道士や貴族たちが集まっていた。

そして、いよいよ披露の時間がやってきた。

「エルヴィン・シュトラウス殿、ようこそ王宮へ」

ヴェルトナー大臣が柔和《にゅうわ》な笑みで迎えてくれた。

「本日はこのような機会をいただき、ありがとうございます」

僕は広間の中央に『動く魔法風景』を設置し、深呼吸をしてスイッチを入れる。

まず現れたのは雪景色。淡い光が広間全体を白銀の世界に染め、降り注ぐ雪の演出がまるで現実のようだった。観客からどよめきが上がる。

次に切り替えて現れた春の花畑では、鮮やかな色彩と心地よい香りが広間を満たし、まるで自然の中にいるような印象を与えた。

さらに夏の景色では、燦々《さんさん》と降り注ぐ陽光と青々とした草木が室内を彩り、爽《さわ》やかな海風が吹き抜ける。

最後の紅葉では、穏やかな風で赤や金色の葉が優雅に舞い、観客を秋の情景に引き込んだ。

「素晴らしい……！　ここまで自然を忠実に再現できる魔道具は初めて見た」

発表が終わると、ヴェルトナー大臣をはじめ、多くの観客が熱心に称賛してくれた。

「この魔道具は王宮の新たな象徴にもなり得る。ぜひとも陛下にもご覧いただきたい。次は陛下の前で披露する準備を進めてもらいたい」

大臣のその言葉に、期待と緊張で胸が高鳴った。僕たちの挑戦は、さらに大きな舞台へと続いていく。

披露を終えた後、学院へ戻る道中で、僕たちは改めて話し合った。

「そういえば、エルヴィン、あの魔道具の名前、そろそろ正式に決めた方がいいんじゃないか？」

レオンがふと思い出したように言った。

「あ……確かにそうだね。今までは『動く魔法風景』なんて仮の名前で呼んでたけど、これから王宮やもっと多くの人に見てもらうとなると、ちゃんとした名前が必要だね」

僕は仲間たちの顔を見渡しながら考えた。

「何かアイデアある？」

「うーん……『四季の魔法』とか……ストレートすぎるかな？」

レオンが少し照れくさそうに言った。それを受けて、カトリーヌが微笑みながら提案する。

「悪くありませんが、もう少し詩的で優雅な響きがあれば素敵ですわね」

「それなら、『アルカディア』というのはどうでしょうか？」

リヴィアが静かに口を開いた。

「アルカディア？」

「はい。理想郷や美しい自然を象徴する言葉です。『四季を映す魔道具』として、ぴったりではありませんか？」

その提案に、僕は思わず頷いた。

「それは良いね……『四季を映す魔道具・アルカディア』これからはそう呼ぼう」

僕の提案に、レオンとカトリーヌも賛成のようだ。

「おお！　良いじゃねえか。なんか高級感もあるし！」

「アルカディア……美しい響きですわ。リヴィアさん、素敵な提案をありがとうございます」

こうして、『動く魔法風景』は正式に『四季を映す魔道具・アルカディア』という名前で呼ばれることになった。

◇

王宮での披露から数日が経ち、僕たちは新たな課題を抱えることになった。

それは、カレドリア王国の頂点に立つ人物、ヴィルヘルム・アレクサンダー・カレドリア王に『四季を映す魔道具・アルカディア』を披露するというものだった。

ヴェルトナー大臣から、今度は王自らがその目で評価すると告げられたとき、僕の背筋《せすじ》は無意識のうちに伸びた。

――陛下に評価されるということは、ただの名誉だけではなく、国全体に影響を及ぼす可能性がある。

そんな思いが胸を巡る中、僕は改めて仲間たちと共にアルカディアの最終調整に取り掛かることにした。

「エルヴィン様、ここまで来たのですから、どうか無理はなさらないでくださいね」

実験室で設計図を睨んでいる僕に、リヴィアが静かに声をかけた。

「ありがとう、リヴィア。でも、これは僕たちにとって最大の挑戦なんだ。完璧な状態で披露しなきゃ意味がないよ」

彼女は少し心配そうな表情を浮かべたが、僕の決意を察して小さく頷いた。

「分かりました。でしたら、私も全力でお手伝いいたします」

「俺たちもいるんだぞ！」

レオンが軽快な声で割って入り、僕の肩を叩いた。

「お前ばっかり気負うなよ。失敗したら俺が笑って誤魔化してやるから、安心しろ！」

その言葉に、僕は思わず小さく噴き出した。

「ありがとう、レオンくん。それに、みんながいてくれるおかげで、ここまで来られたんだ」

「エルヴィン様、私からもデザイン面で少し提案がございますわ」

そう言って、カトリーヌが手にしたスケッチを広げて見せる。

「この部分に装飾を追加することで、さらに高貴な雰囲気を出せると思います。王宮に相応《ふさわ》しい仕上がりにするためには、見た目も重要ですもの」

「本当に助かるよ。デザインに品格を持たせるのはカトリーヌさんならではだね」

「お礼なんていいですわ。これも皆様の努力を支える一環ですもの」

そんな彼女の言葉に励まされながら、僕たちは改良作業を進めていった。

そして迎えた披露当日。僕たち四人は馬車で王宮に乗り付けた。

ヴェルトナー大臣の案内に従って城内を歩きながら、レオンが気楽な調子で僕に話しかけてきた。

「エルヴィン、緊張してるのか？」

「少しね。でも、やるしかないでしょ？」

「そりゃそうだ！　俺たちがついてるんだから、心配するな！」

レオンの明るい声のおかげで、僕は少し気持ちが軽くなった。

やがて玉座の間に到着すると、衛兵たちが重々しい扉を開いた。

そこには、壮大な空間が広がっていた。豪奢な装飾が施された柱や床に敷かれた見事な毛並みの絨毯《じゅうたん》。何よりも目を引いたのは、玉座に座するカレドリア王の威厳ある姿だった。

「シュトラウス辺境伯家三男、エルヴィン・シュトラウス殿。前へ」

ヴェルトナー大臣の声に促され、僕は深く一礼して玉座の前に進み出た。

「本日は、このような機会をいただき、まことにありがとうございます。それでは、私たちが製作した魔道具『四季を映す魔道具・アルカディア』をご覧ください」

王の鋭い視線を感じながら、僕は緊張を押し殺しつつスイッチを入れた。

淡い光が広がり、まず現れたのは白銀の雪景色だった。柔らかく降り注ぐ雪が玉座の間全体を包み込み、その幻想的な光景にこの場に集まった者たちは等しく息を呑んだ。

次に切り替えたのは春の花畑。色とりどりの花が咲き乱れ、ほのかな香りが漂う。王妃クラリスが笑みを浮かべてうっとりと呟く。

「なんて美しいのかしら……」

鮮やかな色彩で元気が湧いてきそうな夏の景色が映され、最後は紅葉。赤や金色の葉が優雅に舞い、空間全体を秋の情景で染め上げた。

その滑らかな動きに、玉座に座る王も目を細めて感嘆の声を漏らす。

「素晴らしい……ここまで自然を再現できるとは、見事だ」

披露が終わると、玉座の間はしばし静寂に包まれた。しかしそれは、すぐに万雷《ばんらい》の拍手と称賛の声に変わった。

王がゆっくりと立ち上がり、重々しい声で語り始めた。

「シュトラウスの若き技術者とその仲間よ、そなたの発想と技術に心から感服した。この『アルカディア』は、王宮の象徴として相応しいものだ。さらに改良を重ね、多くの人々に恩恵を与えられるものに仕上げてほしい」

「はい。必ずや更なる改良を重ね、皆様のお役に立てるものにいたします」

王妃や王子たちもそれぞれ感想を述べ、僕はその意見を心に刻みながら、深く礼をした。

玉座の間での披露を無事に終え、僕たちは安堵の笑みを浮かべながら王宮を後にした。

「おい、エルヴィン。やっぱりお前ってすげえよな！」

レオンが僕の肩を叩いて笑う。

「いや、みんながいてくれるからだよ。一人だったらここまで来られなかった」

「これからもっと大きな挑戦が待っていますけど、私たちならきっと乗り越えられますわ」

カトリーヌの言葉に、僕は力強く頷いた。

リヴィアも微笑みながら静かに言った。

「エルヴィン様、次はどのような魔道具を作られるのでしょうか……今から楽しみです」

「そうだね。まずは今回の披露を振り返りつつ、次の目標を考えないと」

王宮での大きな一歩を踏み出した僕たち。『アルカディア』の未来はまだ始まったばかりだった。

◇

王宮での披露を終えて学院へ戻った僕たちは、日常の課題や授業に追われながらも、次なる挑戦に向けた準備を進めていた。

しかし、学院内では新たな話題が持ち上がっていた。それは、学年末試験だ。

学年末試験は、一年間の集大成とも言える重要なイベントで、筆記試験と実技試験で構成される。

魔道工学の実技試験では生徒それぞれ、もしくはグループで独自の魔道具を製作し、その完成度や発想力を講師陣に評価されることになる。

「自由製作か……」

実験室の机に広げたノートを見つめながら、僕は小さく呟いた。

この試験ではテーマが自由なだけに、どんな魔道具を作るかが鍵になる。これまでの学びをどう活かし、どれだけ革新的なものを作れるか——その成果が問われるのだ。

リヴィアがそっと実験室に入ってきて、僕に声をかけた。

「エルヴィン様、もう試験で作る魔道具は考えていますか？」

「うん、ある程度方向性は決めたよ。今回は『アルカディア』の小型版を作るのはどうかな？　家庭でも手軽に使えるような、もっとコンパクトで扱いやすい形にしたいんだ」

「それは素晴らしいアイデアですわ！　あれほど評判を集めた魔道具ですもの。小型化されれば、さらに多くの方々に喜ばれるはずです」

リヴィアの励ましに背中を押されながら、僕は新しい設計図にペンを走らせた。

しかし、小型化には多くの課題が伴《ともな》う。魔力鉱を減らしつつ効果を維持するには、これまで以上に緻密《ちみつ》な設計が求められる。

そのとき、実験室の奥からレオンが顔を出した。

「また一人で悩んでんのかよ、エルヴィン。そんなに気負わなくてもいいだろ？　お前は何作ったって評価されてきたんだからさ」

「簡単に言うけどね、これぱっかりは慎重にならないとダメなんだよ。今回の試験は学院全体が注目してるし、それに失敗したら……」

「おいおい、失敗したらって考えるから硬くなるんだろ？　お前はもっと肩の力を抜けよ」

レオンが気楽な言葉をかけてくれて、少しだけ緊張がほぐれた。

「確かにね。ありがとう、レオンくん」

そこにカトリーヌが優雅な足取りでやってきた。手にはいくつかのデザインスケッチを抱えている。

「エルヴィン様、小型版のデザインについて、少し提案がございますの。この部分に繊細な装飾を施すことで、より高級感を出せるかと考えました」

「さすがカトリーヌさん。いつもデザイン面では頼りっぱなしだよ。本当にありがとう」

「お礼なんて。当然のことですわ。見た目も評価に影響しますもの」

こうして、僕たちはそれぞれの得意分野を活かしながら、小型版『アルカディア』の製作を進めていった。

しかし、小型化するだけといっても、簡単に完成するわけではない。試作品のスイッチを入れるたびに問題が発生し、その都度修正を繰り返した。

そんなある日のこと。ようやく調整が終わった試作品のスイッチを入れると、装置が突然激しく振動し始めた。

「うわっ、なんだこれ!?」

レオンが驚いて後ろに下がる。次の瞬間、装置から奇妙な光が漏れ、周囲の温度が急激に上下した。冷たい風が吹いたかと思えば、次には熱風が襲ってくる。

「エルヴィン様、制御が完全に乱れています!」

リヴィアが慌てて声を上げる。僕は急いでスイッチを切り、装置を止めた。

「くそ……魔力鉱を減らした分、制御が追いついていないんだな」

僕はノートに原因をメモしながら悔《くや》しさを噛み締めた。

「まあ、まだ試験当日じゃなくてよかったじゃねえか」

レオンが笑いながら言った。

「その通りですわ。時間はありますもの。焦らずに進めましょう」

カトリーヌも優雅に微笑みながら励ましてくれた。


試験当日、大広間には生徒たちが製作した魔道具がずらりと並んでいた。それぞれが自信作を披露しようと、緊張と期待が入り混じる空気が漂っている。

僕たちの順番が回ってくる前に、レオンが肩を叩いて声をかけてくれた。

「大丈夫だって、いつも通りやればいいんだよ」

「ありがとう、レオンくん」

いよいよ僕たちの番が来た。

中央のテーブルに『四季を映す魔道具・アルカディア』を小型化した魔道具を置き、深呼吸をして説明を始める。

「これは『四季を映す魔道具・アルカディア』の小型版『ミニ・シーズン』です。家庭でも手軽に使えるように設計を見直し、機能をコンパクトにまとめました」

スイッチを入れると、装置から淡い光が放たれ、白銀の雪景色が広がった。

次に切り替わった花畑では、鮮やかな花々が咲き乱れ、生徒たちの間から感嘆の声が上がる。

「これが小型化するなんて、信じられない！」

講師陣も興味深そうに装置を観察し、採点表に評価を書き込んでいる。

「見事だ。小型化されながらも、しっかりと機能を維持している。シュトラウス君、グレイバー君、リンドベルグさん、マルティーヌさん、素晴らしい仕事だ」

オリバー先生の称賛の言葉に、胸が熱くなる。

試験が終わり、仲間たちと教室に戻ると、改めて達成感が湧いてきた。

「やっぱり試験って大変だね。でも、みんなの協力があったから乗り越えられたよ。本当にありがとう」

「お前、本番では余裕そうだったけどな！」

感謝を述べる僕に、レオンが笑いながら言った。

リヴィアとカトリーヌも笑顔で頷く。

「次はさらに難しい挑戦が待っているでしょうけれど、私たちならきっと乗り越えられます」

「ええ、力を合わせれば恐いものなしですわ」

「そうだね。これで一区切りだけど、次の目標に向かってまた頑張ろう」

学院での一年間を振り返りながら、僕は新たな挑戦への意欲を胸に秘めた。

## 新たな門出！　それぞれの進路と別れ

学年末試験が終わり、学院には早春の穏やかな空気が漂っていた。

庭園の木々の枝には小さな芽が顔を出し、新しい季節の訪れを予感させる。

学院全体が新学年への準備に忙しい中、生徒たちはそれぞれの進路について考えを巡らせていた。

試験の結果発表の日。学院の大講堂には生徒全員が一堂に会し、自分たちの努力がどのように評価されたのかを知る瞬間を、緊張の面持ちで待っていた。

「エルヴィン・シュトラウス、魔道具開発・応用研究科における実技試験で最高評価を獲得。ミニ・シーズンの完成度が非常に高く評価され、次年度も研究科目でのさらなる活躍が期待されています」

名前が呼ばれると同時に、大講堂が大きな拍手に包まれる。僕は少し緊張しながら立ち上がり、一礼した。

次に呼ばれたのはカトリーヌだった。

「カトリーヌ・フォン・リンドベルグ、貴族学科において優れた成績を収め、その優雅さと洗練された知識が評価されました」

カトリーヌは優雅に立ち上がり、拍手を受けながら微笑みを浮かべた。

続いて、リヴィア、そしてレオンがそれぞれの成果を発表され、会場は再び拍手で沸き立った。


試験結果の発表後、僕たちは学院の広い庭園で集まり、それぞれの進路について語り合った。

柔らかな春風が頬を撫で、新たな一歩を踏み出す僕らを祝福しているかのようだった。

「俺は得意な戦闘術関連に集中していくぜ」

そう言って力こぶを作るレオンに、カトリーヌが頷く。

「模擬戦でも評価されていたし、剣の才能があるのは間違いないですわね」

「そりゃあ当たり前だろ⁉『若き剣士』なんて呼ばれている俺様だぞ?」

「まあ、礼儀作法のほうはまだまだですけれどね」

「うっ……それは置いといてくれ!」

レオンが顔を赤くして手を振る様子に、僕は思わず笑みを浮かべた。

「カトリーヌさんは、これからも貴族学科でやっていくんだね」

僕が尋ねると、カトリーヌは自信たっぷりの微笑みを浮かべる。

「ええ。王都や社交界での活動にも力を入れていくつもりですわ」

「カトリーヌさんらしいね。きっと成功するよ」

「ありがとうございます、エルヴィン様」

リヴィアもまた、未来の計画について語った。

「私は魔法理論の理解をさらに深めていきたいと思っています。新しい理論を応用すれば、もっと多くの可能性が広がるはずですから」

「リヴィアの理論は本当にすごいから、これからも協力していこうね」

僕がそう言うと、リヴィアは照れたように微笑んだ。

◇

春季休暇に入ると、生徒たちはそれぞれ実家に戻り、家族と過ごしながら次の学年に備える。僕もシュトラウス領に帰る準備を進めていた。

出発の日の朝、リヴィアが僕を訪ねてきた。

「エルヴィン様、もう出発されるんですね」

「ああ。春休みの間は久しぶりに家でゆっくりしようと思っているよ」

「私も家族と過ごす予定ですが、学院の生活が少し恋しくなりそうです」

リヴィアの声には少し寂しさが混じっていた。

「春休みが終わったらまた学院で会えるよ。また一緒に頑張ろうね」

「はい。またお会いしましょう。どうか良い休暇をお過ごしくださいませ」

リヴィアはにこやかに一礼して、その場を後にした。

荷物をまとめて寮を出た僕は、シュトラウス領へ向かう馬車に乗り込んだ。

車窓から流れる景色を眺めながら、僕は学院生活を振り返り、新学年への決意を新たにした。

「学院での一年間は本当に濃かったな。でも、まだまだ学ぶべきことはたくさんある。この春休みの間にもう一度目標を整理して、新しい挑戦に備えよう」

僕はこの休暇がさらなる成長へのステップになると確信していた。


約十日間の旅路を経て、僕はシュトラウス家の門をくぐった。

「にいちゃん！　おかえりなさい！」

リリィは玄関から駆け出してきて、満面の笑みで迎えてくれた。その笑顔を見て、僕は自然と顔がほころんだ。

「ただいま、リリィ。久しぶりだね」

リリィの頭を軽く撫でると、以前より少し背が伸びたように感じる。

「聞いて！　わたし、にいちゃんがいない間にお勉強もお稽古もいっぱい頑張ったの！　だからね、少しは淑女らしくなれたと思うよ！」

胸を張るリリィの姿に笑みがこぼれる。

「淑女らしく、ね。確かに少しお姉さんになったかな。でも……」

そう言って、僕はリリィの顔をじっと覗き込む。

「まだ、お兄ちゃんに甘えたいって顔しているんじゃない？」

「そ、そんなことないもん！　わたし、もう大人だよ！」

リリィは慌てて言い返したが、頬が赤く染まっているのがまた可愛らしい。

「そういうところがまだまだ可愛い妹だな。でも、リリィが大人になるのは少し寂しいよ」

「にいちゃんの、いじわる！」

リリィはぷいっと顔を逸《そ》らしながらも、すぐに笑みを浮かべて僕の手を引いた。

「でもね、考えたことがあるんだ！　にいちゃんが作ってくれたオルゴール、もっと可愛くできると思うの！」

「オルゴールをもっと可愛く？　それは面白そうだね。リリィのアイデア、ぜひ聞かせてほしいな」

「やった！　約束だからね！」

リリィは嬉しそうに頷き、僕の手を強く握った。

夕食後、父上と話す時間を持つことができた。

「どうだ、一年を終えて何か成果はあったか？」

父上はワインを片手に、学院での一年間について尋ねた。

「はい。魔道具の開発も順調ですし、学年末試験では自分の成長を実感できました」

「それは良いことだ。お前は、アレクシスやリヒャルトのように戦場で剣を振るう立場ではないが、それでもお前の技術はこの家にとって重要な力になるだろう」

父上の言葉には重みがあった。

「実は春の間に領地の視察を計画している。お前も一緒に来るか？」

「視察……ぜひ参加させてください！　実際に領地を見て回ることで、新しい発想が生まれるかもしれません」

父上は僕の答えに満足そうに頷き、ワイングラスを空にする。

その夜の話は実りあるものとなった。

僕は改めてこの家の役に立てるように努力しようと心に誓った。


翌日、僕は自室で新しい魔道具のアイデアを練っていた。

屋敷の外が騒がしくなったので窓の外に目を向けると、豪華な馬車が門の前に停まっているのが見えた。

「お客様かな？」

そう思ったのも束《つか》の間《ま》、ロバートが僕の部屋の扉をノックした。

「坊ちゃま、王宮の使者がお見えです。旦那様に挨拶にいらっしゃったようですが、坊ちゃまにもお話があるそうです」

「王宮から？」

僕は驚きつつも急いで服を整え、客間へと向かった。

そこには、見慣れない青年が立っていた。鋭い目つきと品のある佇まいから、ただ者ではないと感じる。

彼は僕を見ると軽く一礼し、自己紹介を始めた。

「初めまして。私は王宮直属の特別調査局に属する者で、カレドリア国王の命を受けてここに参りました」

「エルヴィン・シュトラウスです。どうぞよろしくお願いします」

「早速ですが、本題に入らせていただきます。実はエルヴィン様の魔道具に関して、王宮から正式にお力をお借りしたいというお話がございます」

「力を……ですか？　具体的には？」

彼の話によれば、僕が学院や王宮で披露した魔道具が非常に高く評価されており、それを王国の政策や研究に役立てたいという正式な依頼が出されたという。

「詳細は、王都で直接お伝えするとのことです。ご検討いただければと思います」

突然の話で驚いたものの、僕は迷わず承諾した。

「分かりました。お話を受けさせていただきます」

僕の返答に、使者の青年は静かに微笑んだ。

「ありがとうございます。それでは準備が整い次第、再びお伺いします」

青年が去った後、胸の高鳴りが収まらなかった。

僕の魔道具が国の役に立つ……これまで地道にやってきたことが、王国から認められたのだ。

突然訪れたこの機会が、どんな未来に繋がっているのかはまだ分からない。しかし、挑戦したいという気持ちは抑えられなかった。

窓の外に広がるシュトラウス領の風景を見つめながら、僕は静かに決意を固めた。

この休暇はただの休息ではなく、新たな挑戦への助走になるだろう。

未来への扉が静かに開き、胸の奥から熱い期待が湧き上がる。

果たしてこの道の先には、どんな景色が広がっているのだろうか——

いずれ最強の錬金術師？
SOMEDAY WILL I BE THE GREATEST ALCHEMIST?
1~17
小狐丸
KOGITSUNEMARU
シリーズ累計（電子含む）120万部突破！
2025年1月8日より
TVアニメ放送中!!
TOKYO MX・BS11ほか
コミックス
1～8巻
好評発売中！
いずれ最強の錬金術師？
小狐丸
地味～な生産職志望の僕に付与されたのは、
聖剣から空飛ぶ船まで、何でも造れる
最強スキル
錬金術!!
第10回アルファポリスファンタジー小説大賞
読者賞受賞作
アルファポリス人気ランキング
圧倒的第1位
……僕、のんびり暮らしたいだけなんだけど
1～17巻
好評発売中！
勇者召喚に巻き込まれ、異世界に転生した僕、タクミ。不憫な僕を哀れんで、女神様が特別なスキルをくれることになったので、地味な生産系スキルをお願いした。そして与えられたのは、錬金術という珍しいスキル。まだよくわからないけど、このスキル、すごい可能性を秘めていそう……!? 最強錬金術師を目指す僕の旅が、いま始まる！
いずれ最強の錬金術師？
1
原作 小狐丸
漫画 ささかまたろう
聖剣から万能薬までなんでも造れる
最強の生産スキル
錬金術発動！
大人気ファンタジー、待望のコミカライズ第1弾！
10万部突破！
●Illustration：人米
●16・17巻 各定価:1430円(10%税込)
1～15巻 各定価:1320円(10%税込)
●漫画：ささかまたろう　B6判
●7・8巻 各定価:770円(10%税込)
1～6巻 各定価:748円(10%税込)

英雄パーティを追い出された少年、クルトの戦闘面の適性は、全て最低ランクだった。
ところが生計を立てるために受けた工事や採掘の依頼では、八面六臂の大活躍!　実は彼は、戦闘以外全ての適性が最高ランクだったのだ。しかし当の本人は無自覚で、何気ない行動でいろんな人の問題を解決し、果ては町や国家を救うことに——!?

●Illustration:ゾウノセ
●11巻 定価:1430円(10%税込)
1〜10巻 各定価:1320円(10%税込)

●漫画:古川奈春　●B6判
●7・8巻 各定価:770円(10%税込)
1〜6巻 各定価:748円(10%税込)

強くてニューサーガ
NEW SAGA
阿部正行
Abe Masayuki
1~10
シリーズ累計
90万部
突破!!
(電子含む)
2025年7月より
TOKYO MX、ABCにて
TVアニメ
放送開始!
魔王討伐を果たした魔法剣士カイル。自身も深手を負い、意識を失う寸前だったが、祭壇に祀られた真紅の宝石を手にとった瞬間、光に包まれる。やがて目覚めると、そこは一年前に滅んだはずの故郷だった。
各定価：1320円（10%税込）
illustration：布施龍太
1～10巻好評発売中!
待望のコミカライズ！
1～10巻発売中！
漫画：三浦純
各定価：748円(10%税込)
アルファポリスHPにて大好評連載中!
アルファポリス 漫画
検索